# Migas

ARISTAS
martínez

ARISTAS martínez

FUNDACIÓN EXTREMEÑA DE LA CULTURA

JUNTA DE EXTREMADURA
Consejería de Cultura, Turismo, Jóvenes y Deportes

40 Aniversario
EDITORA REGIONAL DE EXTREMADURA
1984-2024

Segunda edición: abril 2024

Primera edición: febrero 2024


Edición al cuidado de Cisco Bellabestia y Sara Herculano

Aristas Martínez Ediciones
www.aristasmartinez.com

ISBN: 978-84-19550-12-5
Depósito legal: BA-06-2024
Impreso en Kadmos

# Migas

Javier Castañeda

PANG!

Esta obra obtuvo el Premio Aristas de Novela Gráfica 2023 (PANG!), concedido por un jurado integrado por Álvaro Pons, Borja González, Carla Berrocal, Antonio Girol, Silvia Estarás y Cisco Martínez, asistidos por Sara Herculano.

Fundación Extremeña de la Cultura patrocina este premio.

La Editora Regional de Extremadura y la Consejería de Cultura, Turismo, Jóvenes y Deportes de la Junta de Extremadura producen esta publicación.

La organización del PANG! corresponde a la editorial Aristas Martínez, que convoca el premio y queda al cuidado de la edición de la obra ganadora.

*A mi abuela Paula*

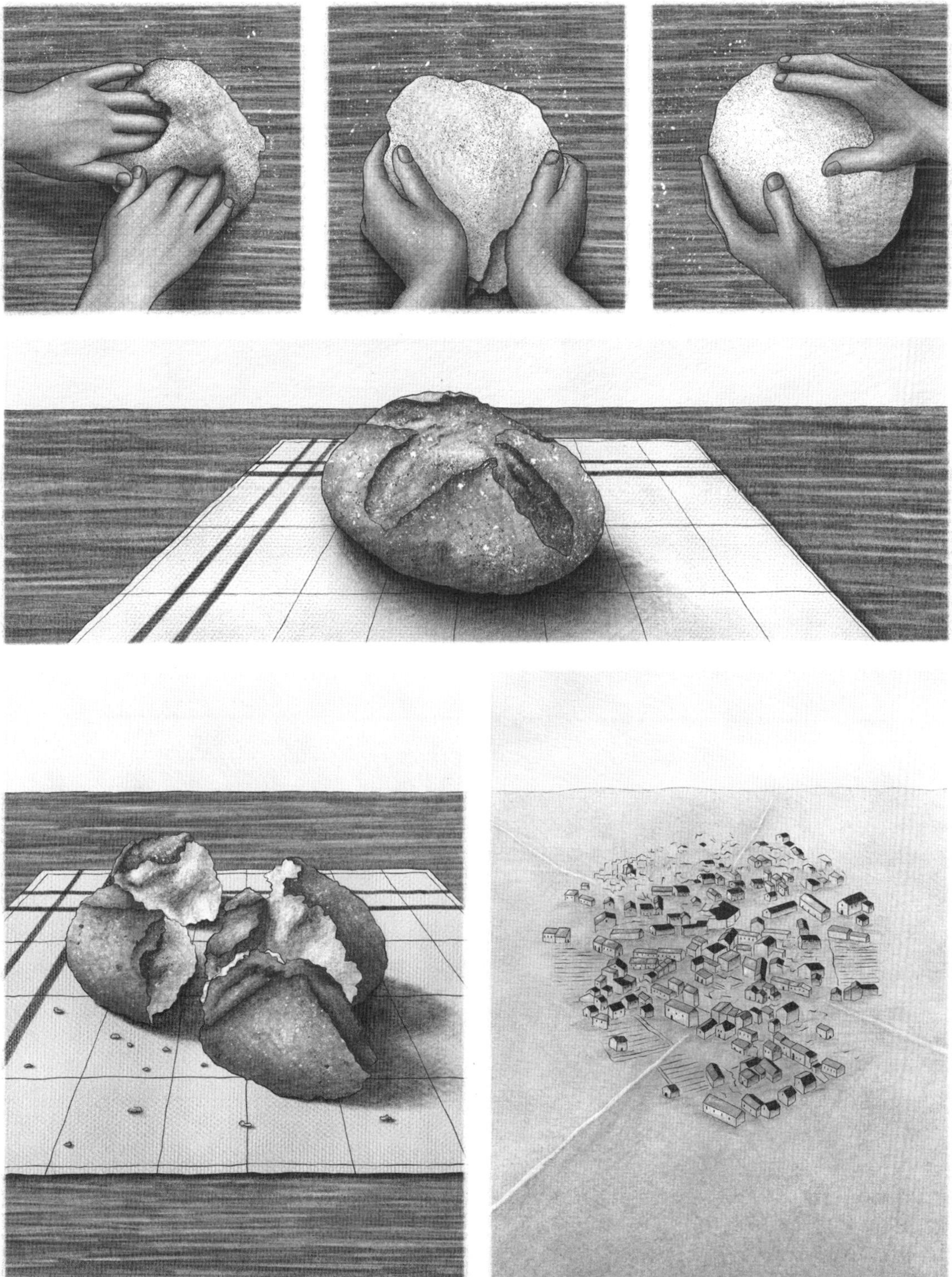

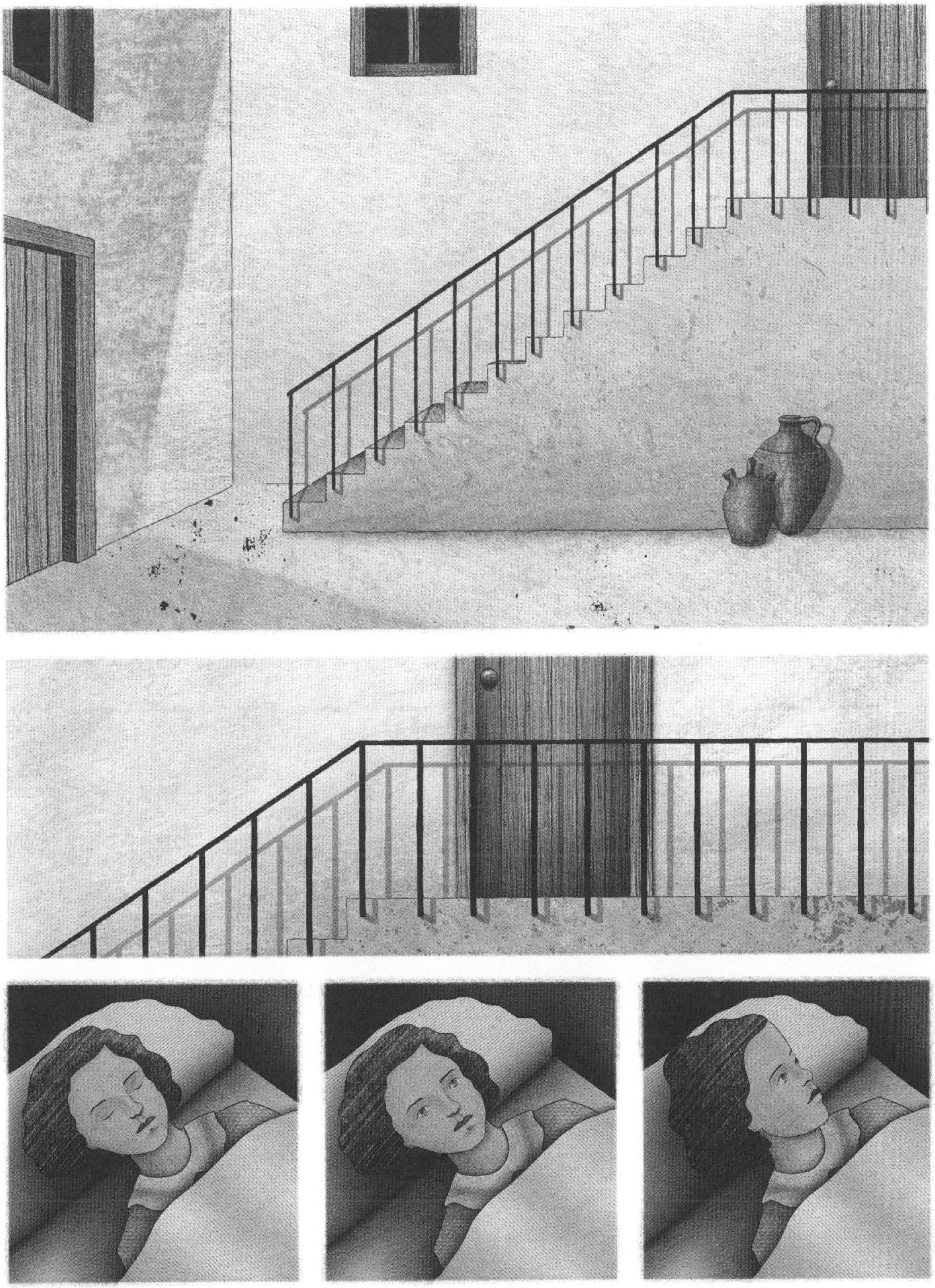

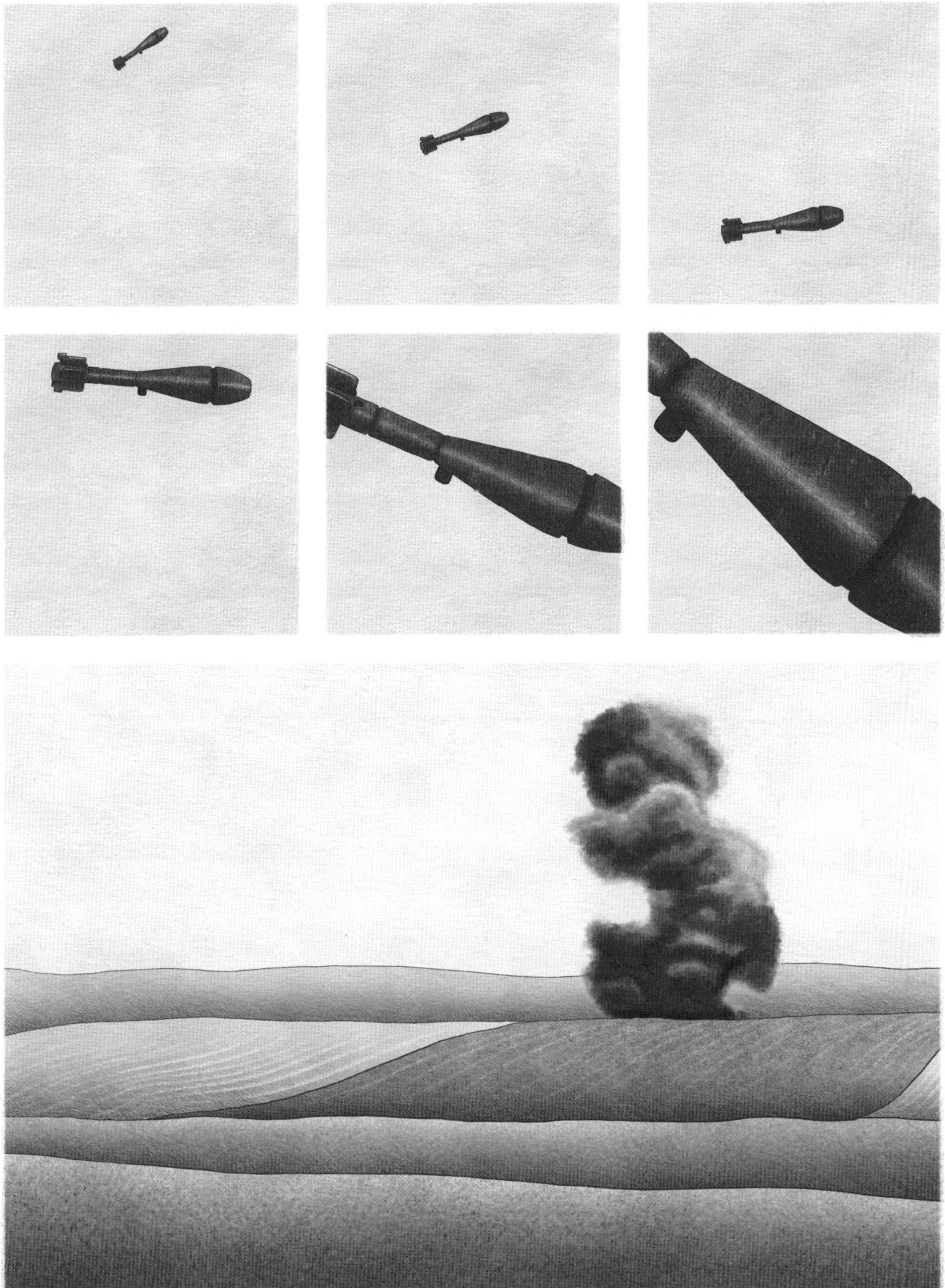

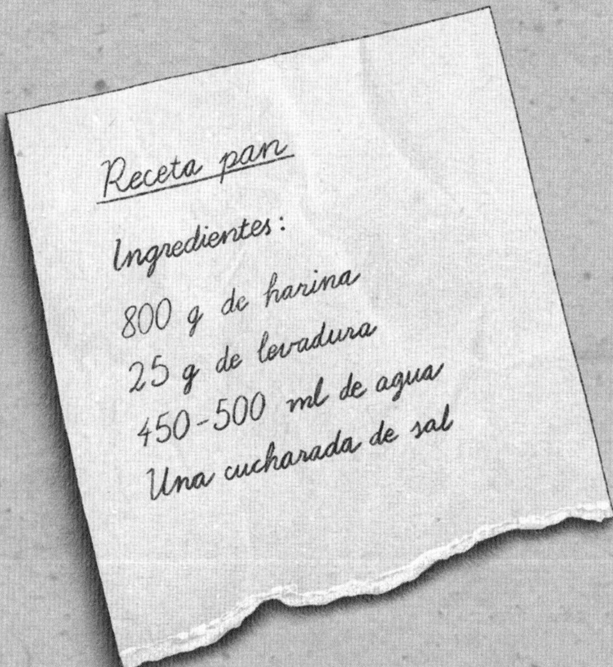
Receta pan
Ingredientes:
800 g de harina
25 g de levadura
450-500 ml de agua
Una cucharada de sal

# 1

# Amasado

*Familia Castañeda*

*1936*

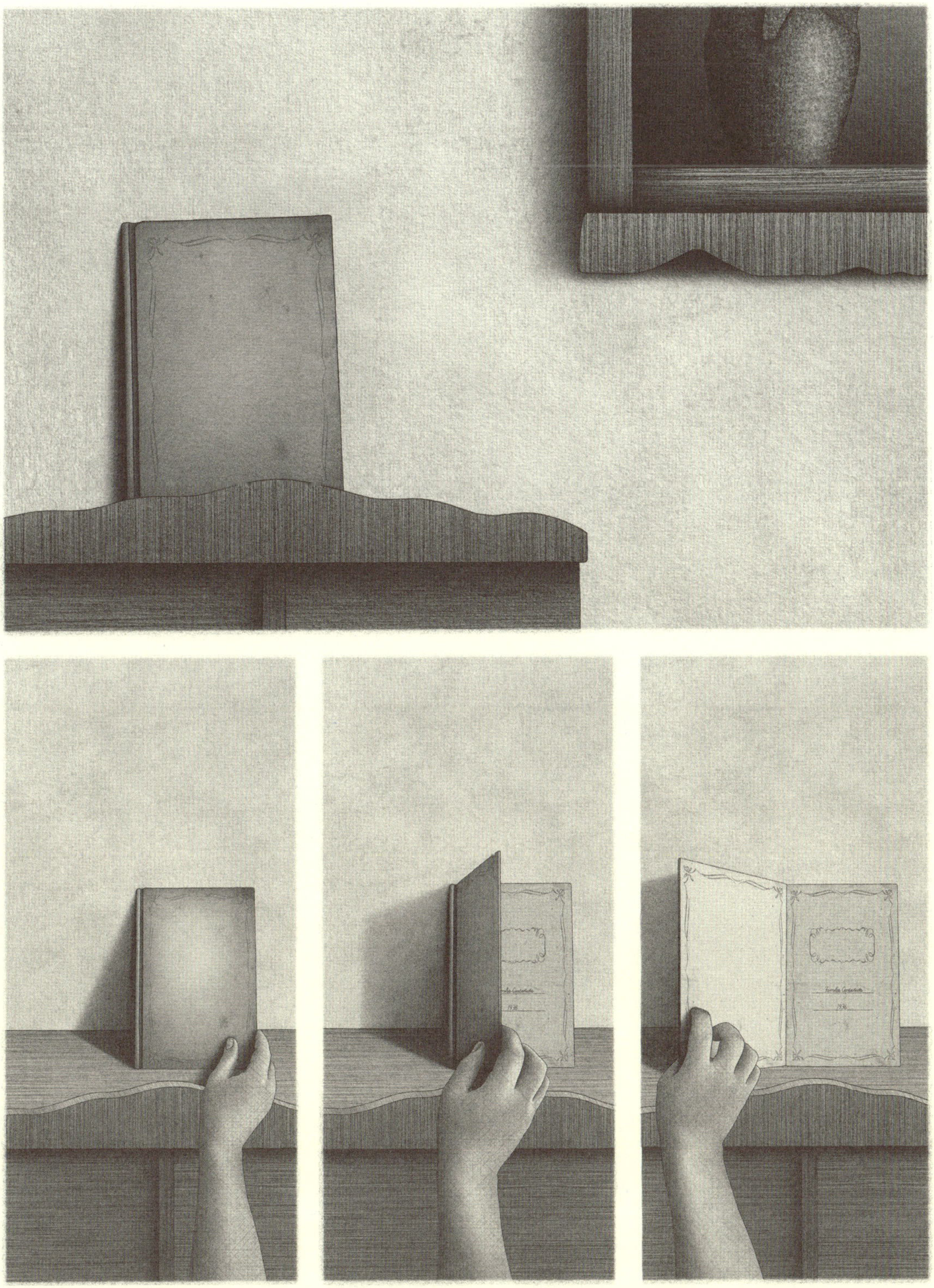

· Mezclar y amasar todos los ingredientes hasta que queden integrados
· Dejar reposar hasta que la masa doble su tamaño
· Hacer un corte en la parte superior de la masa
· Hornear durante 30 minutos

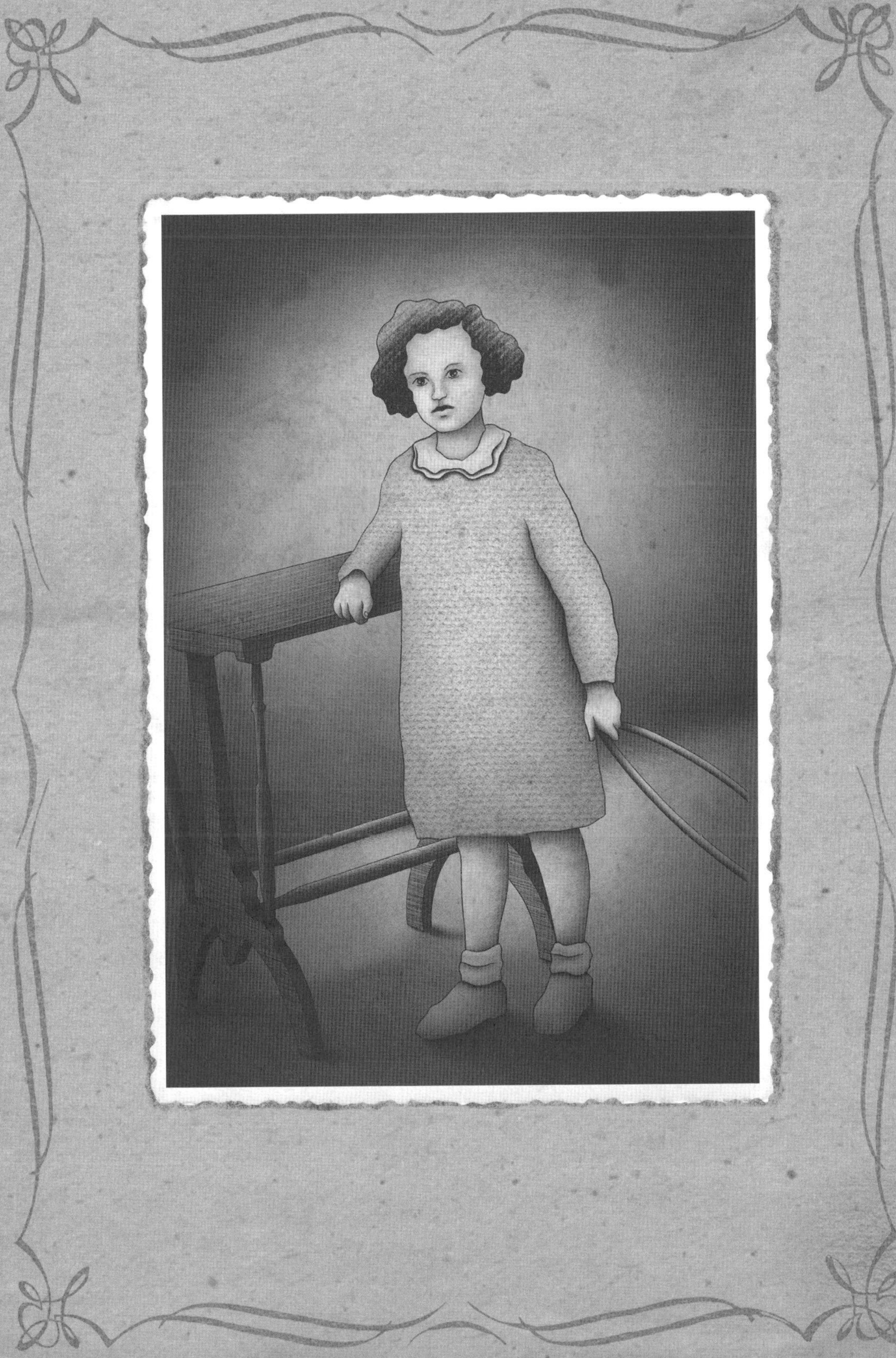

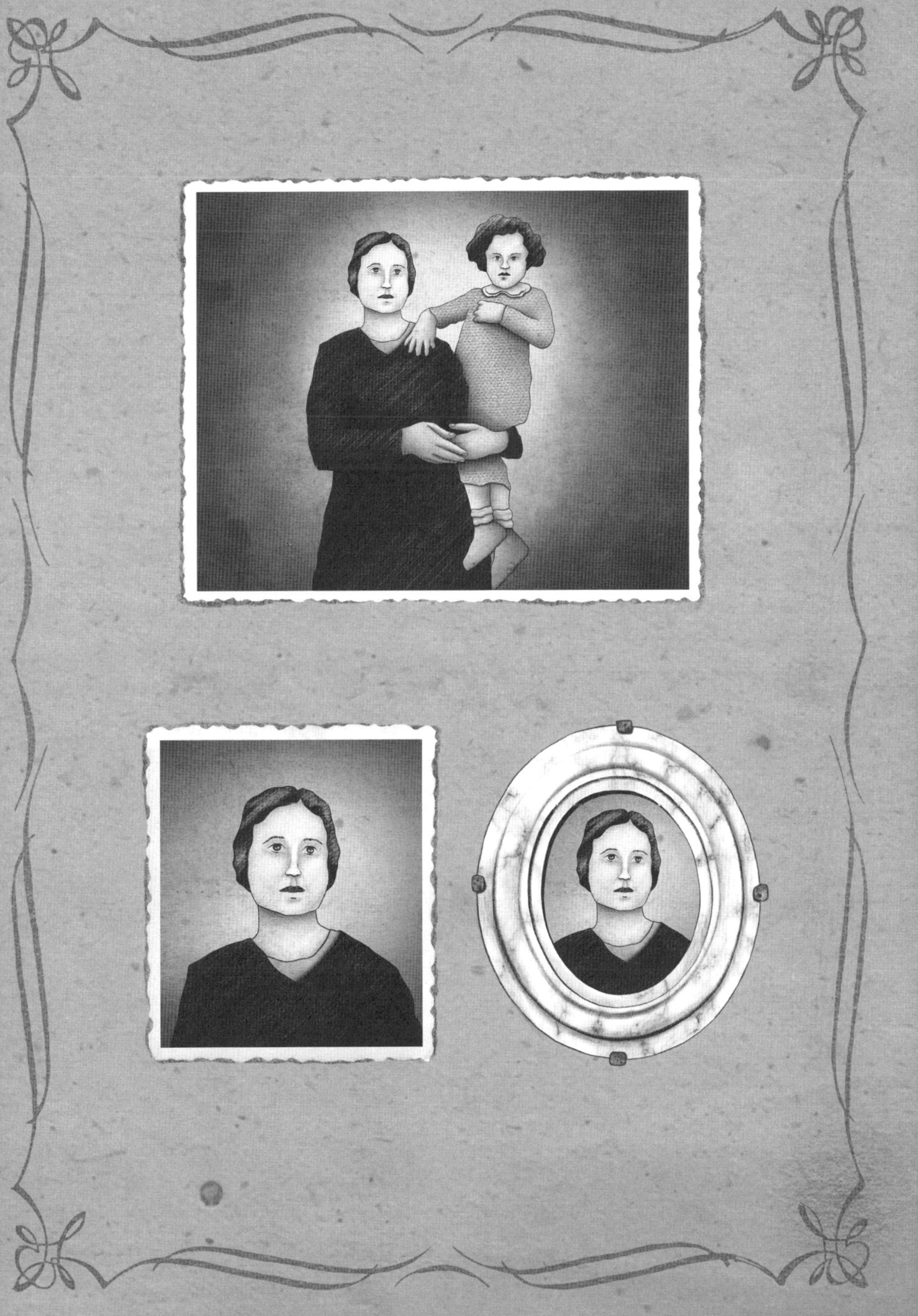

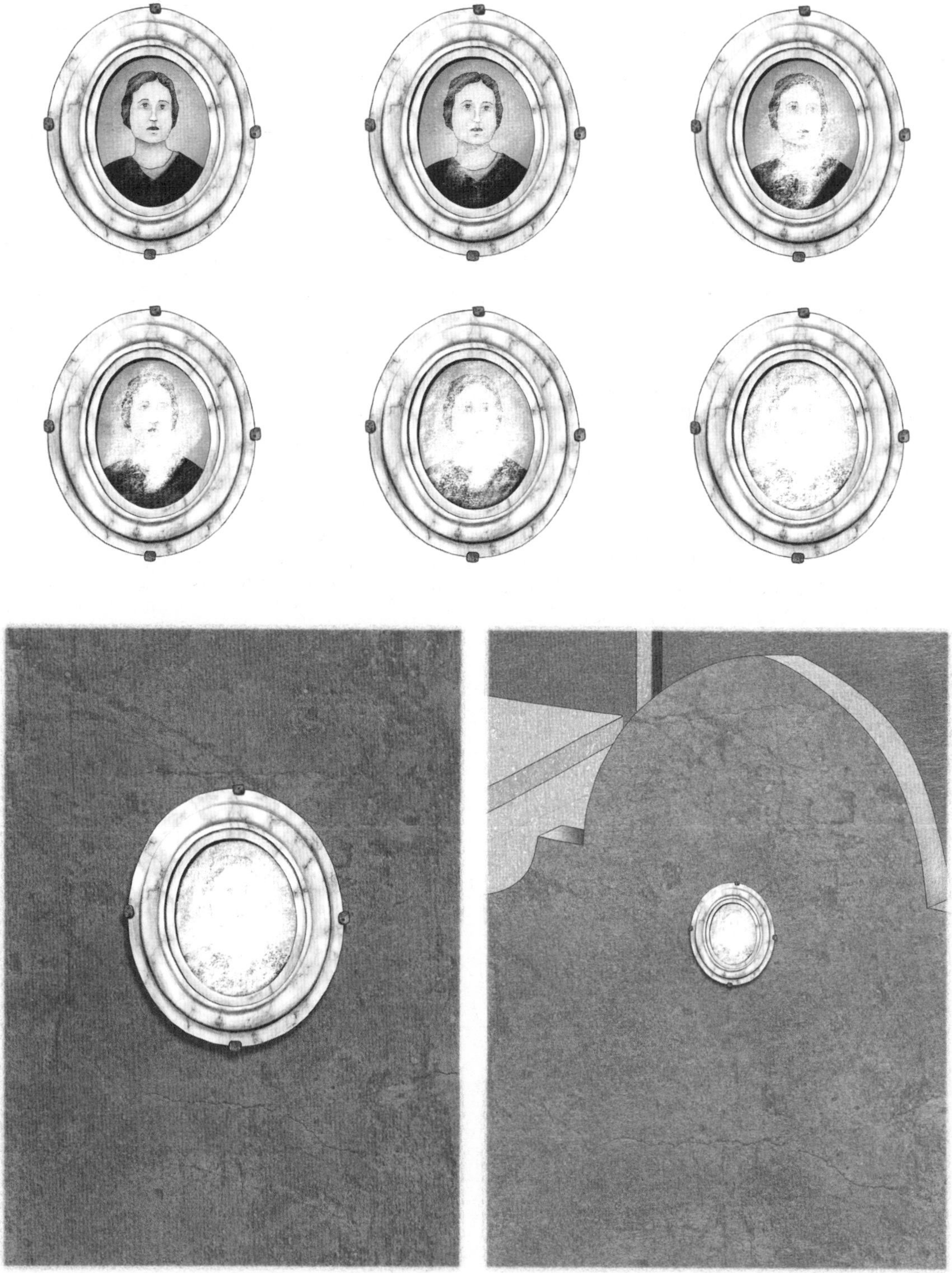

CIELO
9
8
7
6
5

# 2
# Fermento

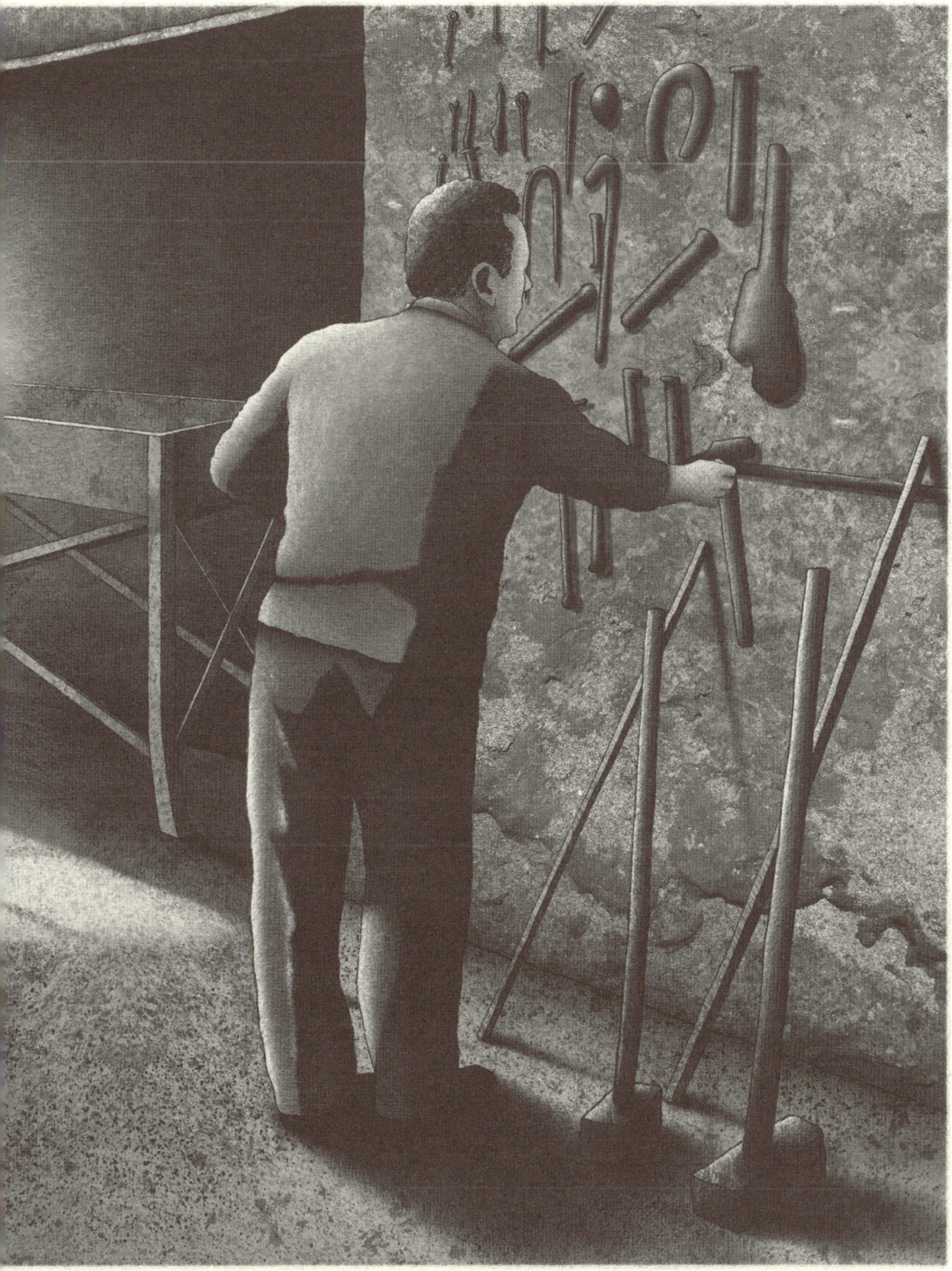

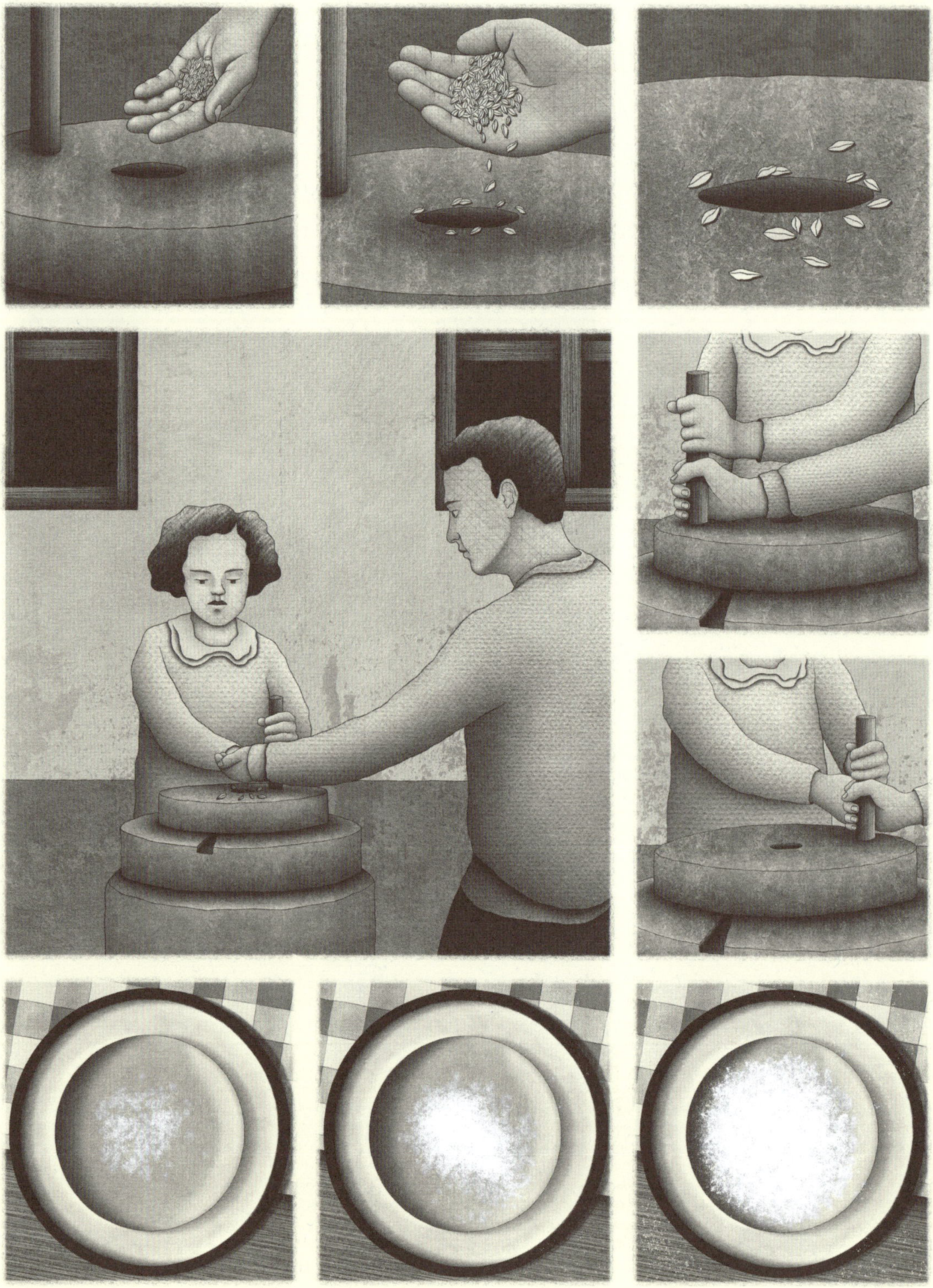

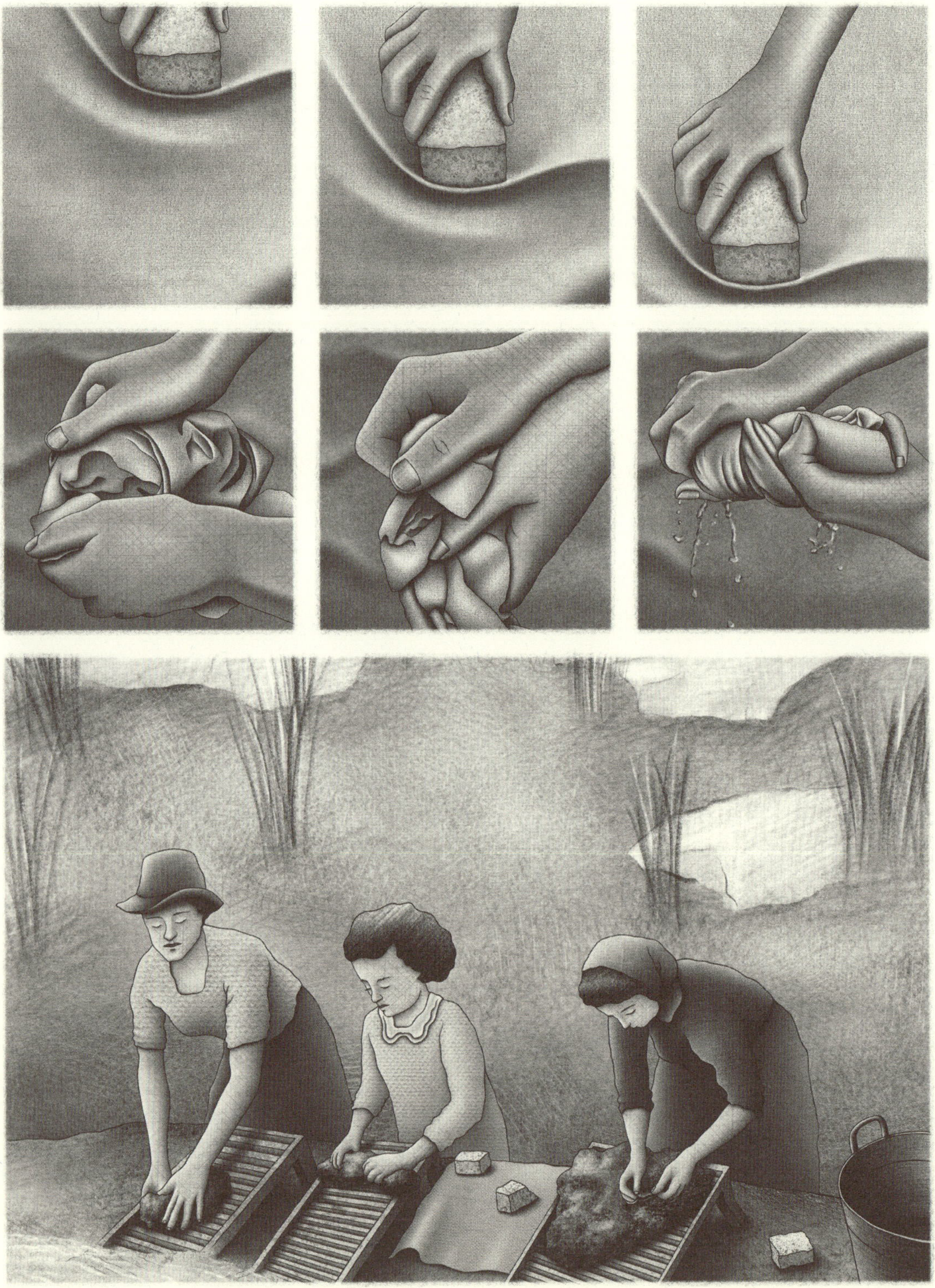

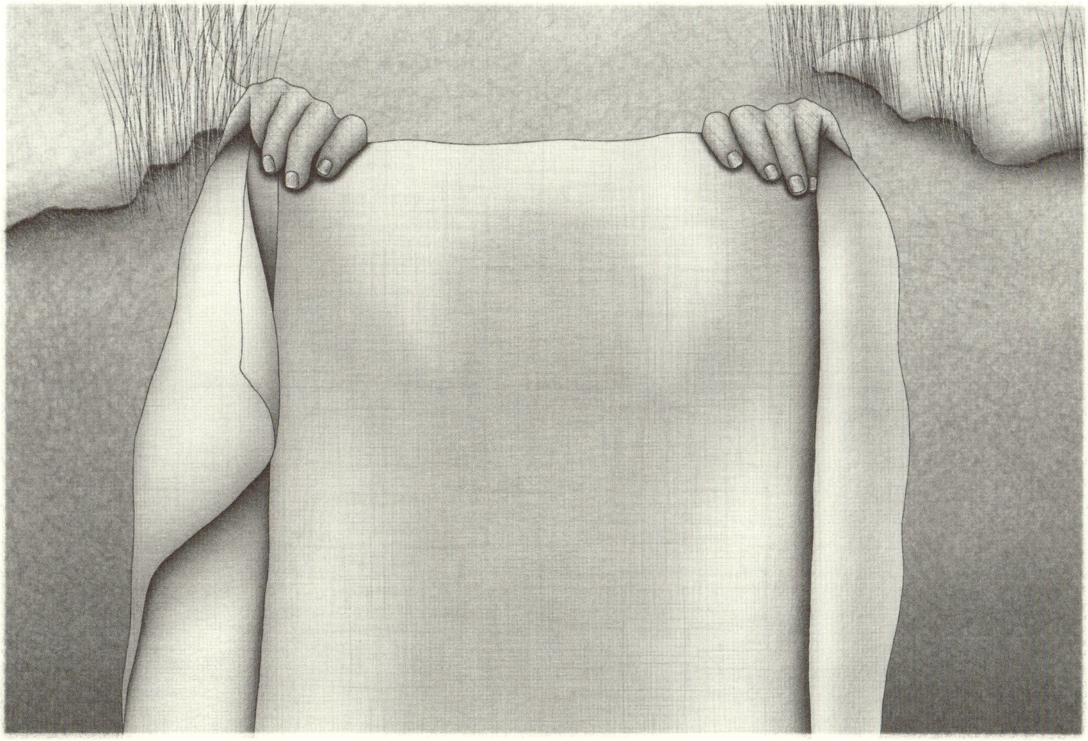

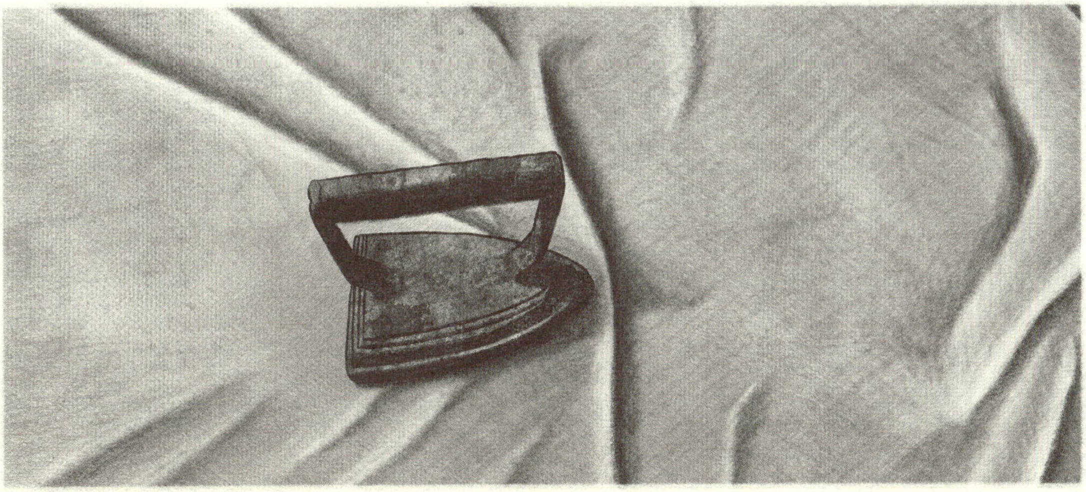

Semana 6
Pan
Semana 12
Pan
Marzo 40
Semana 11
Pan
Abril 40
Semana 17
Abril 40
Semana 16
Pan
Abril 40
Semana 15
ABASTECIMIENTOS Y TRANSPORTES
Colección de Cupones
RACIONAMIENTO
Primer Semestre

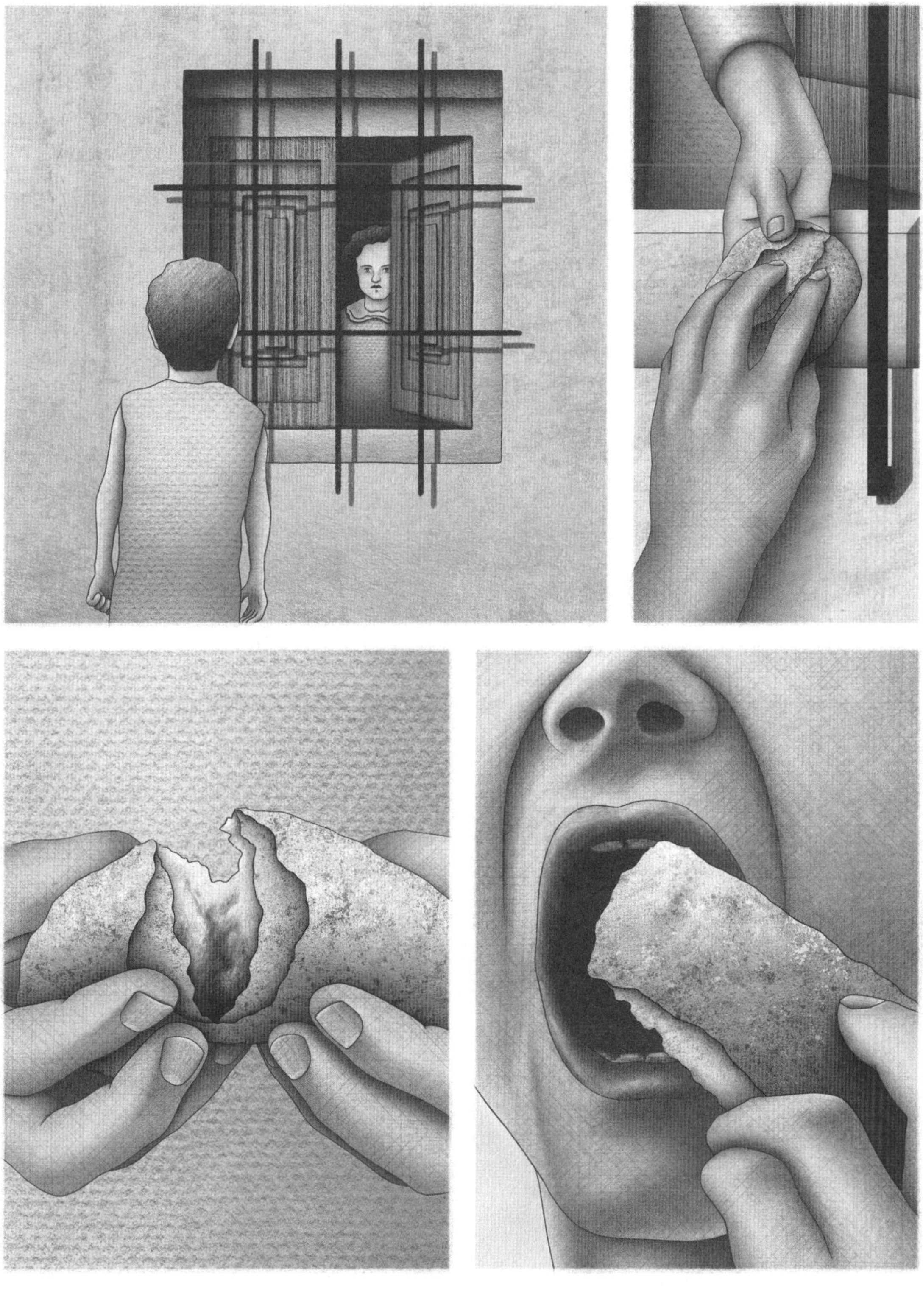

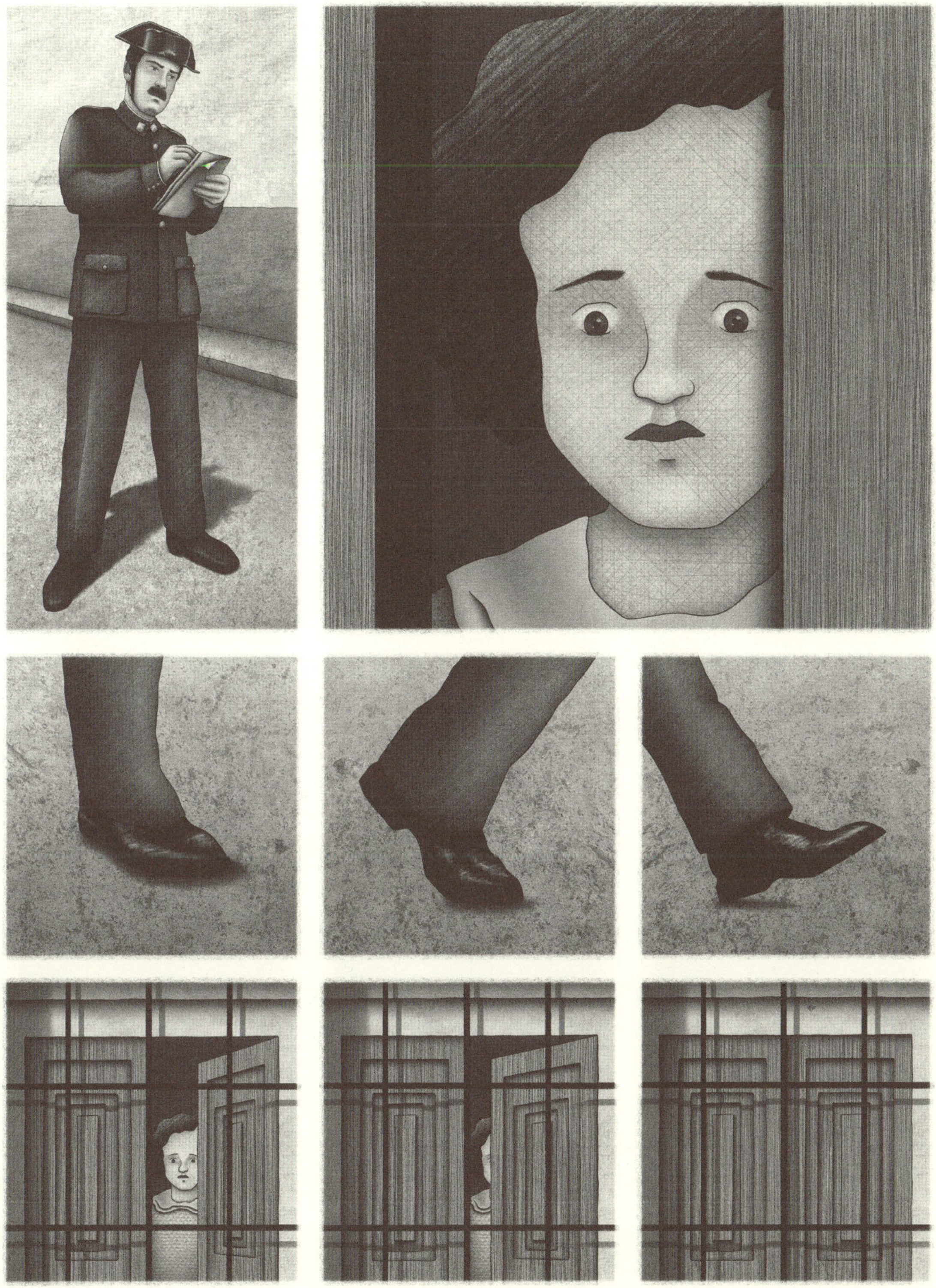

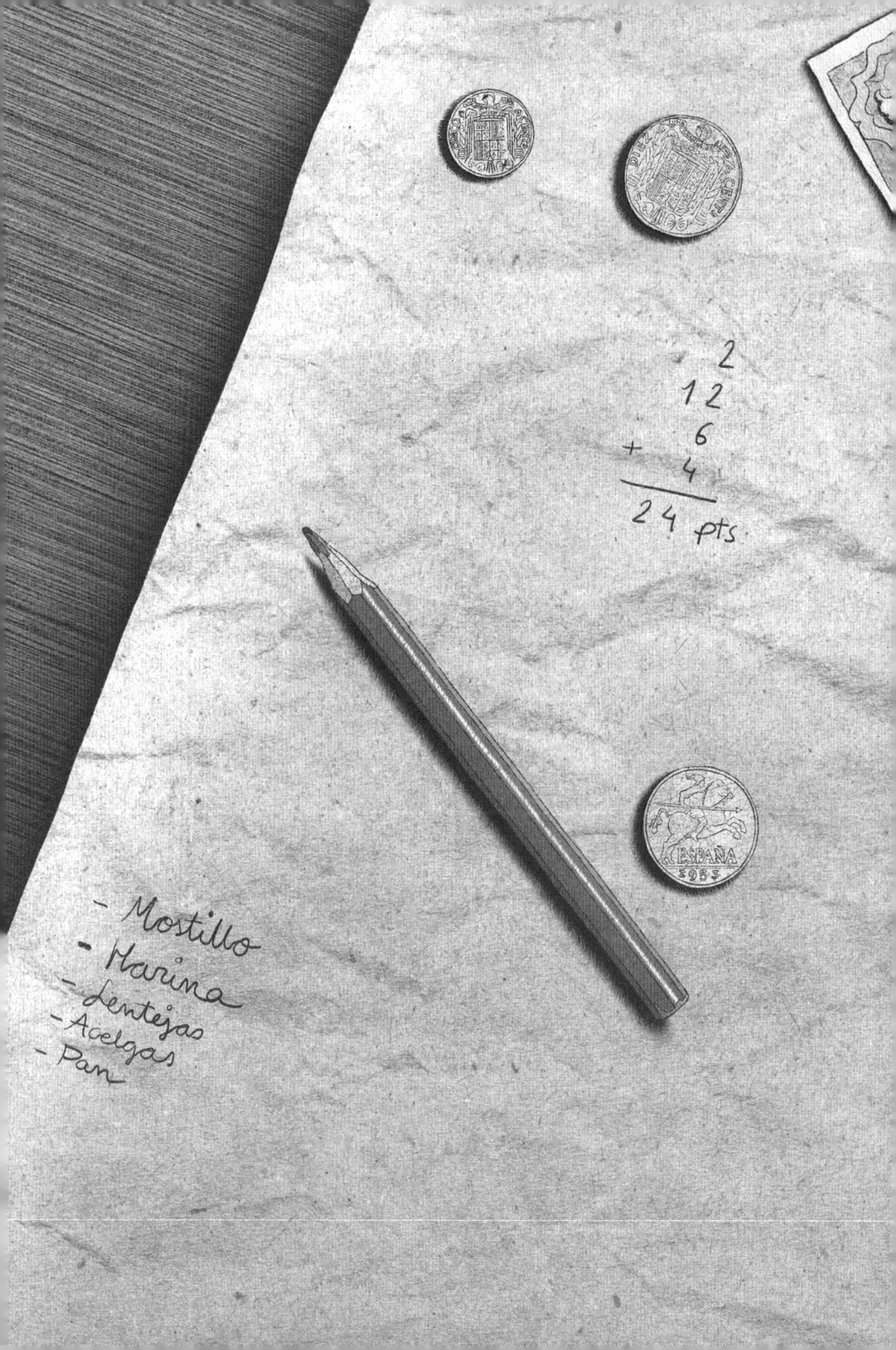
2
12
+ 6
4
24 pts
ESPAÑA
1953
- Mostillo
- Marina
- Lentejas
- Acelgas
- Pan

# 3
# Pan para hoy

LA TIENDA DE DIONISIO

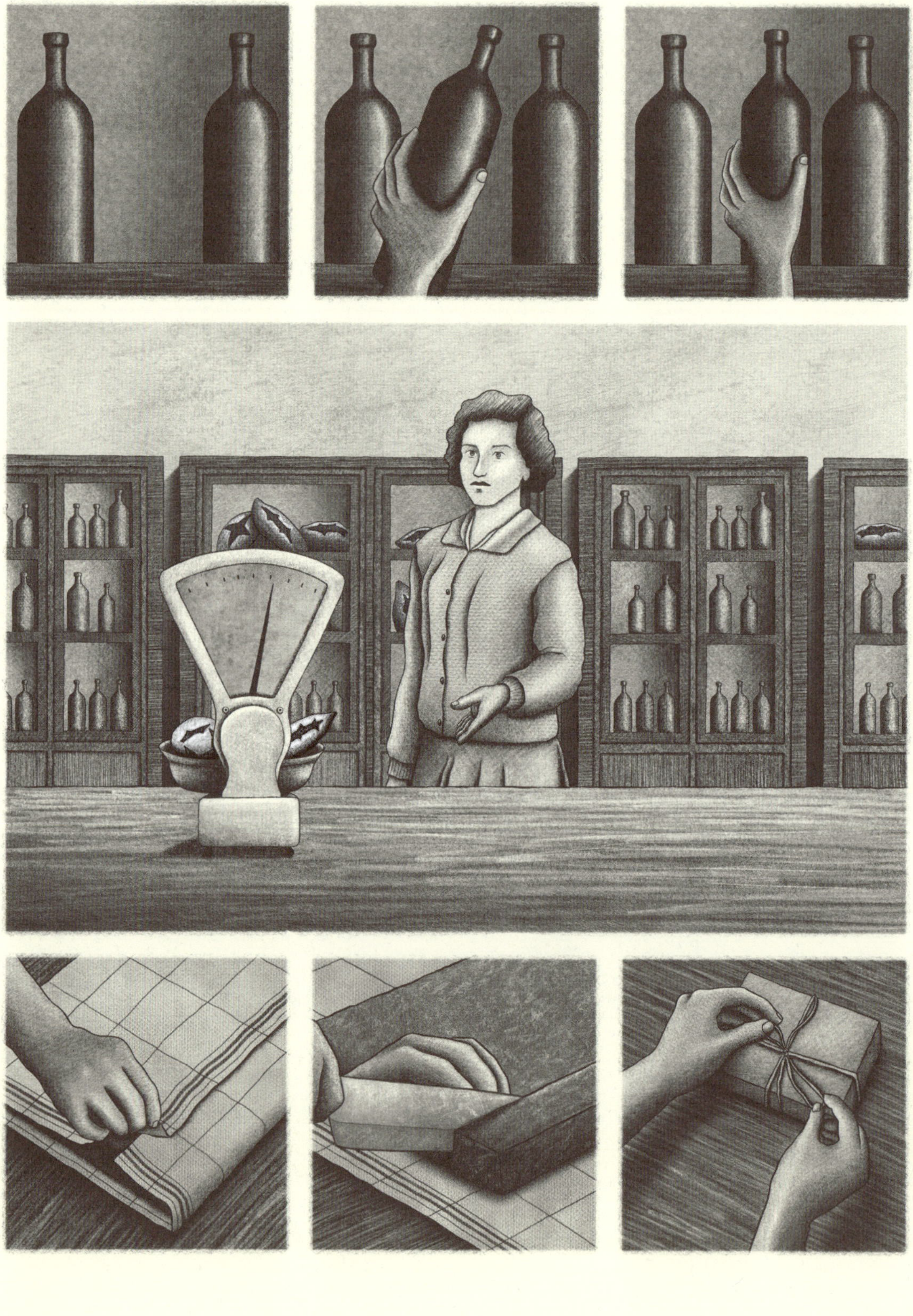

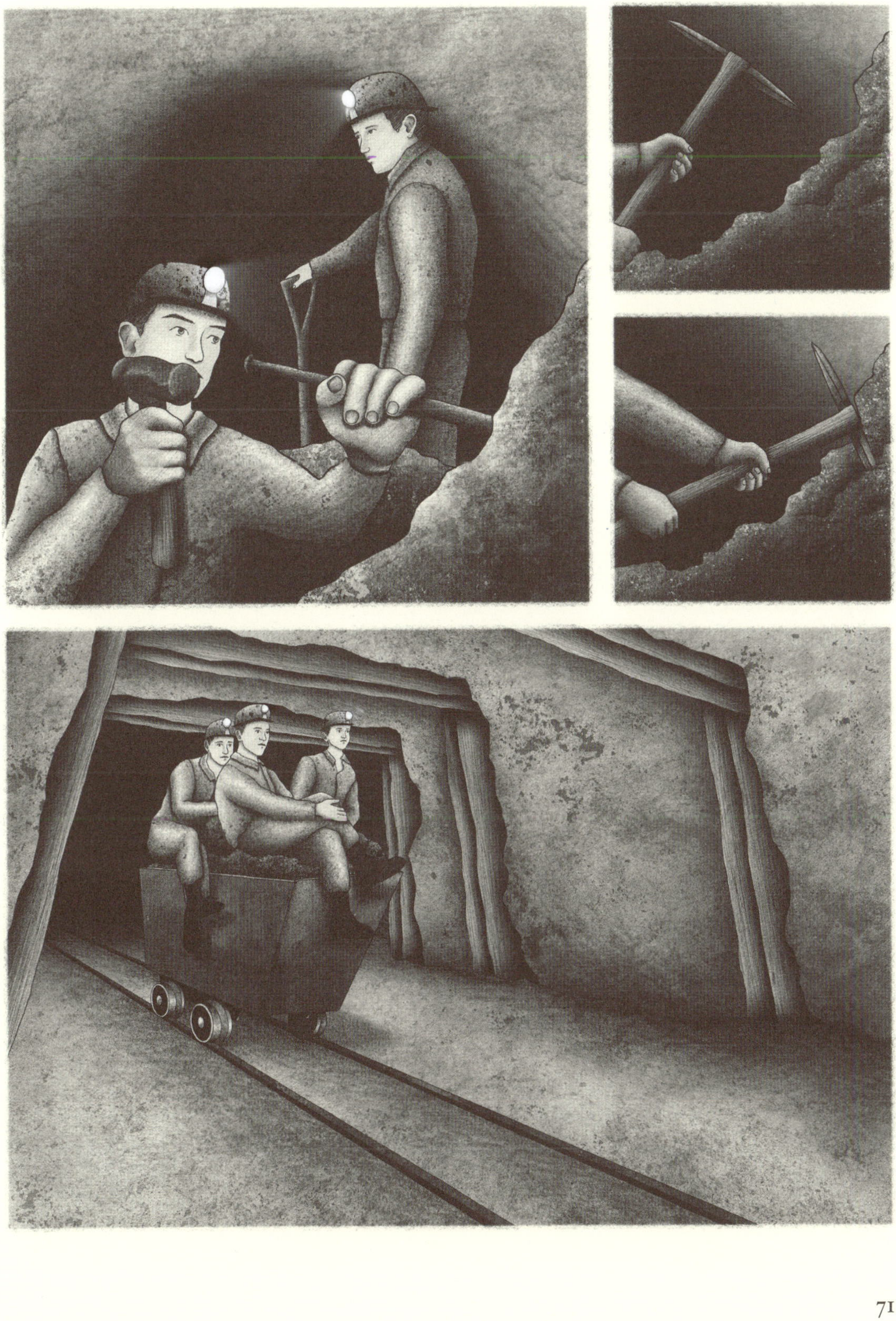

UNA

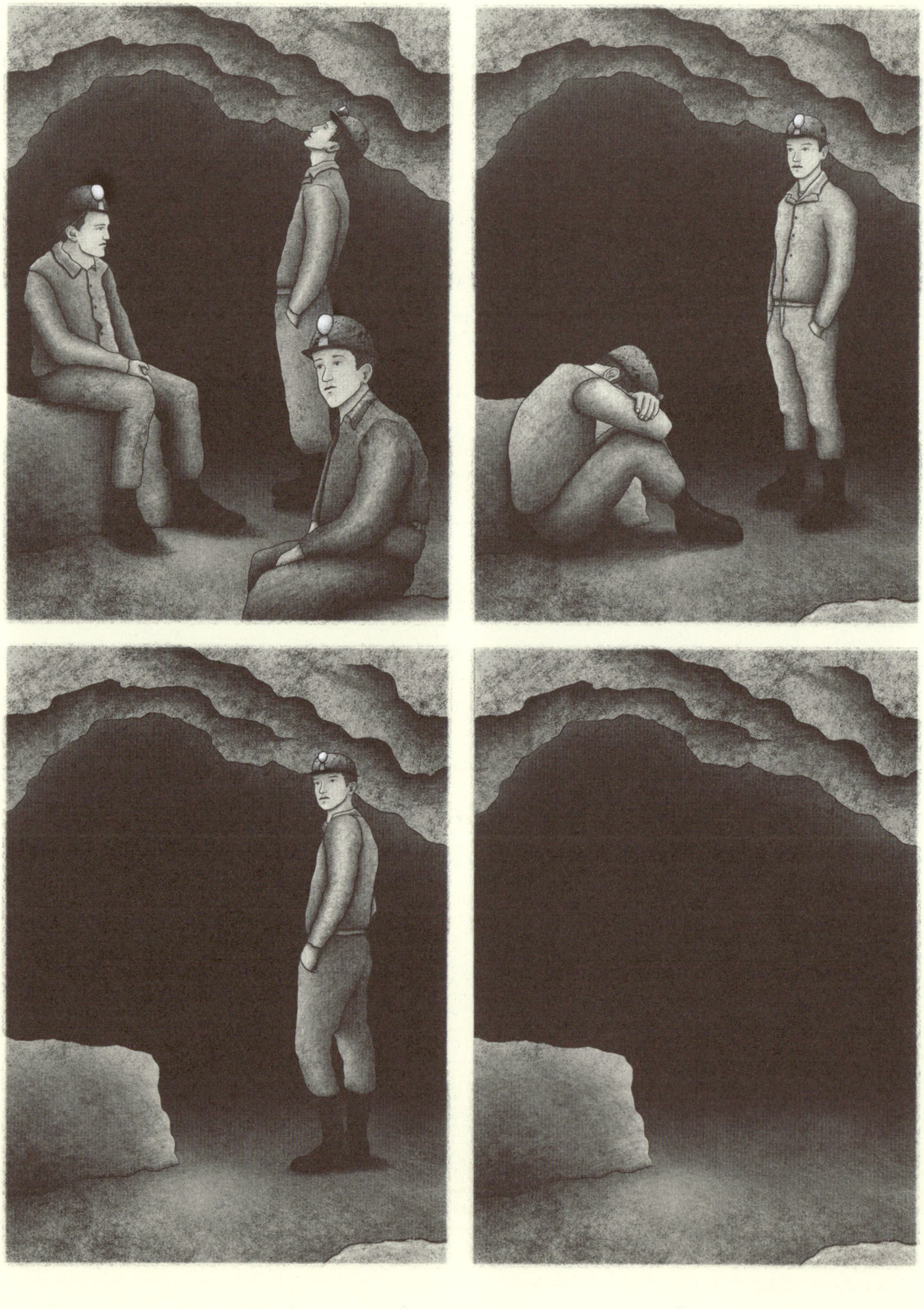

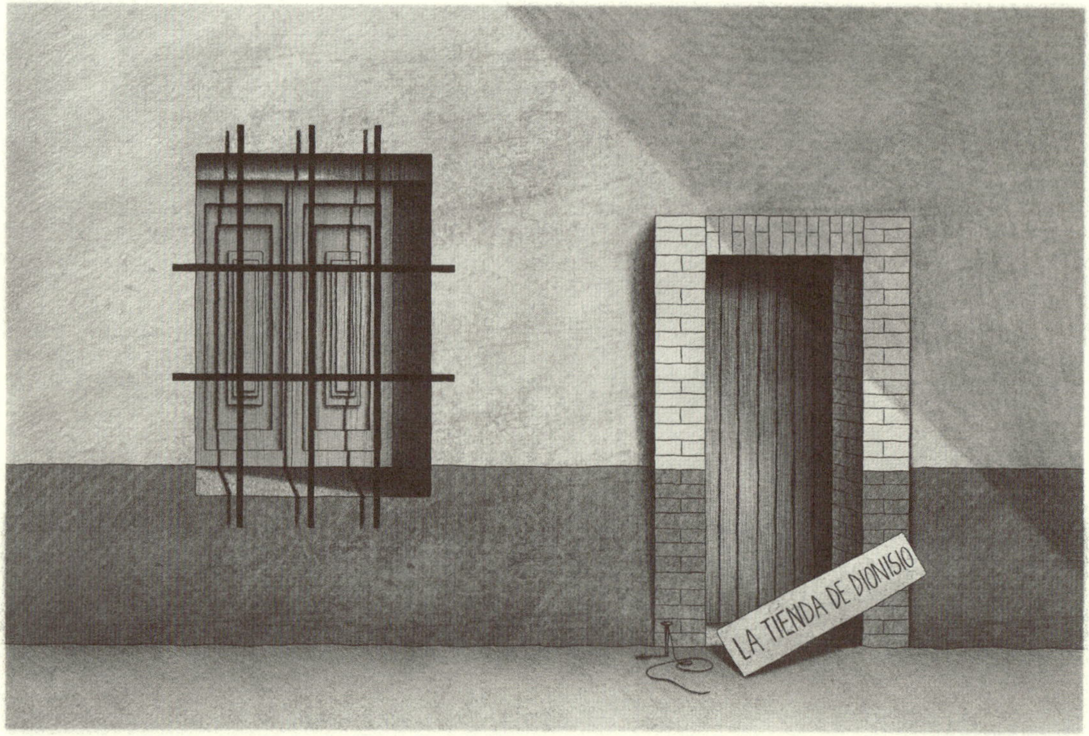
LA TIENDA DE DIONISIO

Fin

13953
PUERTOLLANO-3
VALENCIA
3ª CLASE
PRECIO PTS
0'75
INCLUIDO IMPUESTO UNIFICADO
ENTREGUESE A LA LLEGADA
RENFE 14 9 1957
13953
13954
PUERTOLLANO-3
VALENCIA
3ª CLASE
PRECIO PTS
0'75
INCLUIDO IMPUESTO UNIFICADO
ENTREGUESE A LA LLEGADA
RENFE 14 9 1957
13954
13955
PUERTOLLANO-3
VALENCIA
3ª CLASE
PRECIO PTS
0'75
INCLUIDO IMPUESTO UNIFICADO
ENTREGUESE A LA LLEGADA
13955

4

# Pan duro

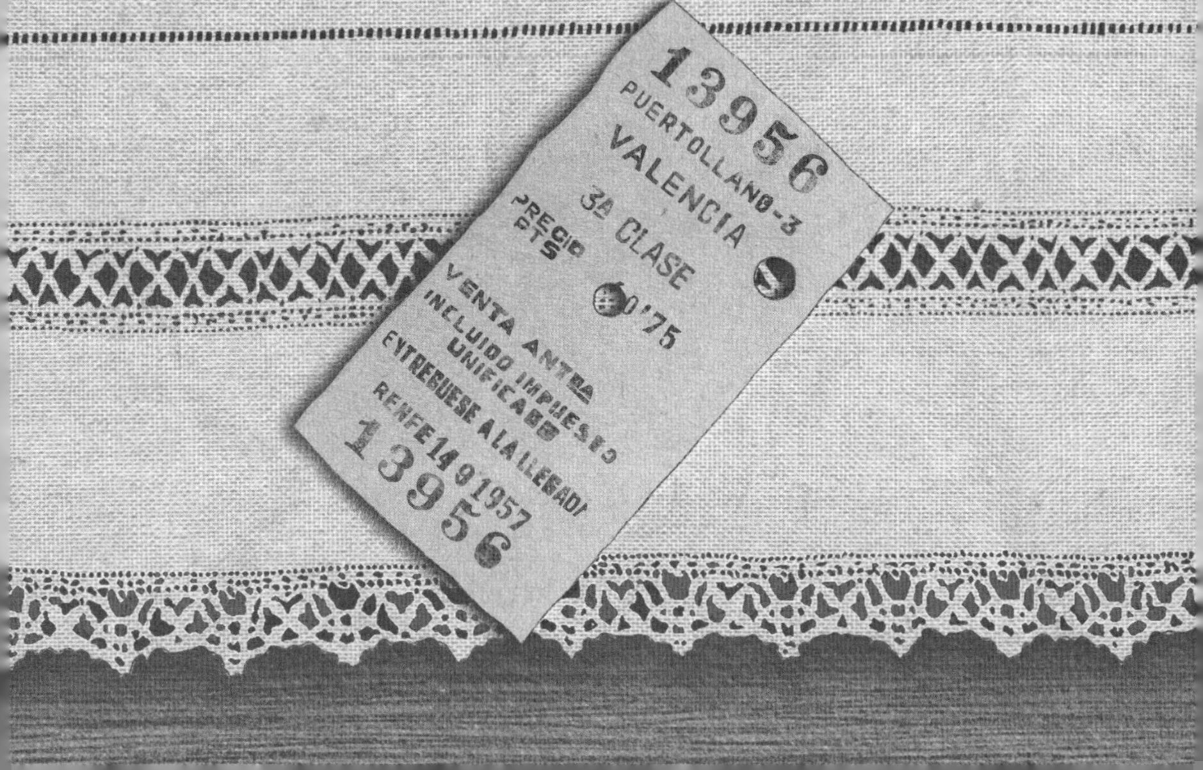
13956
PUERTOLLANO-3
VALENCIA
3ª CLASE
PRECIO PTS
INCLUIDO IMPUESTO
13956

# 5

# Panquemao

12
1
2
3
4
5
6
7
8
9
10
11

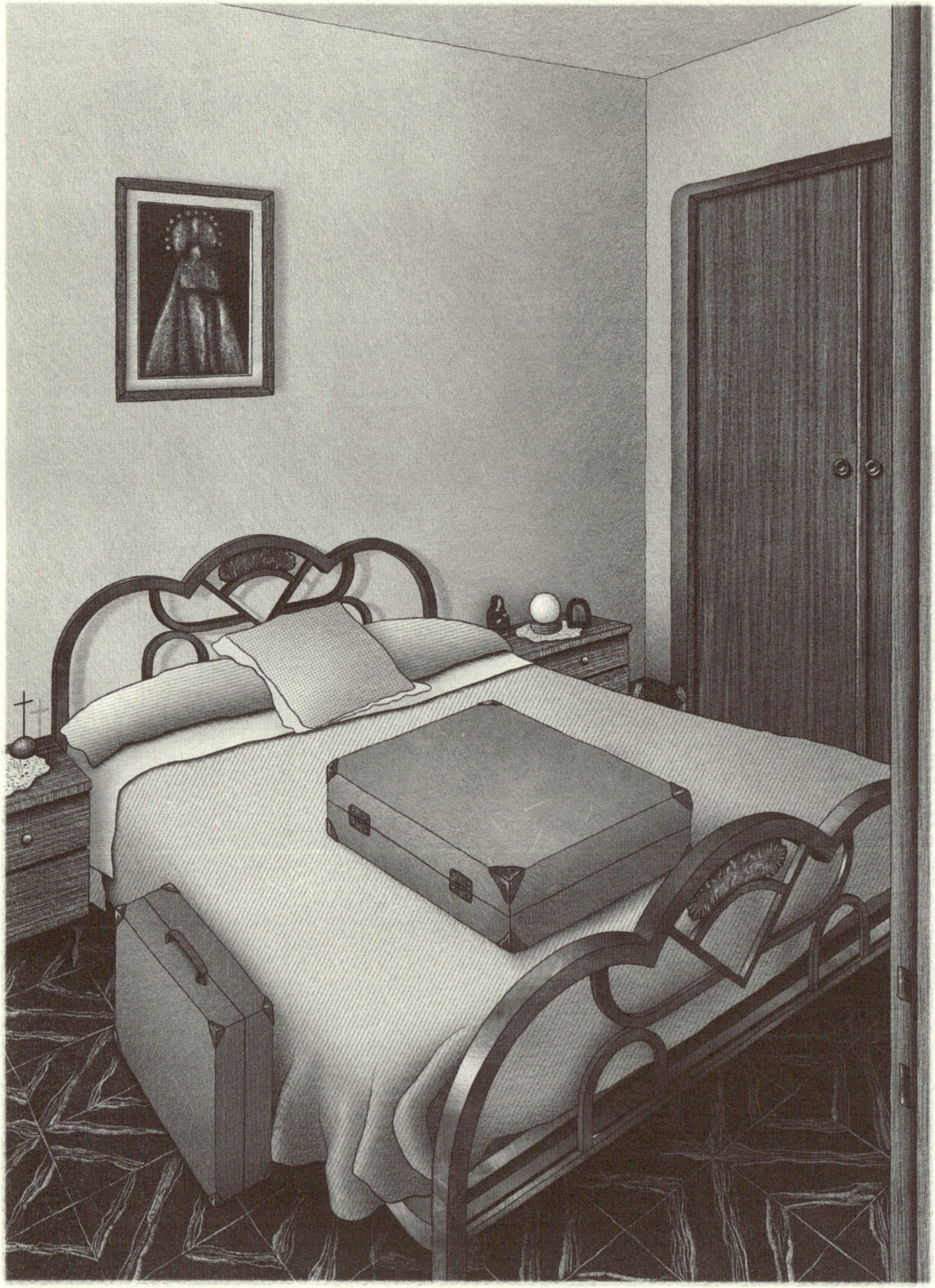

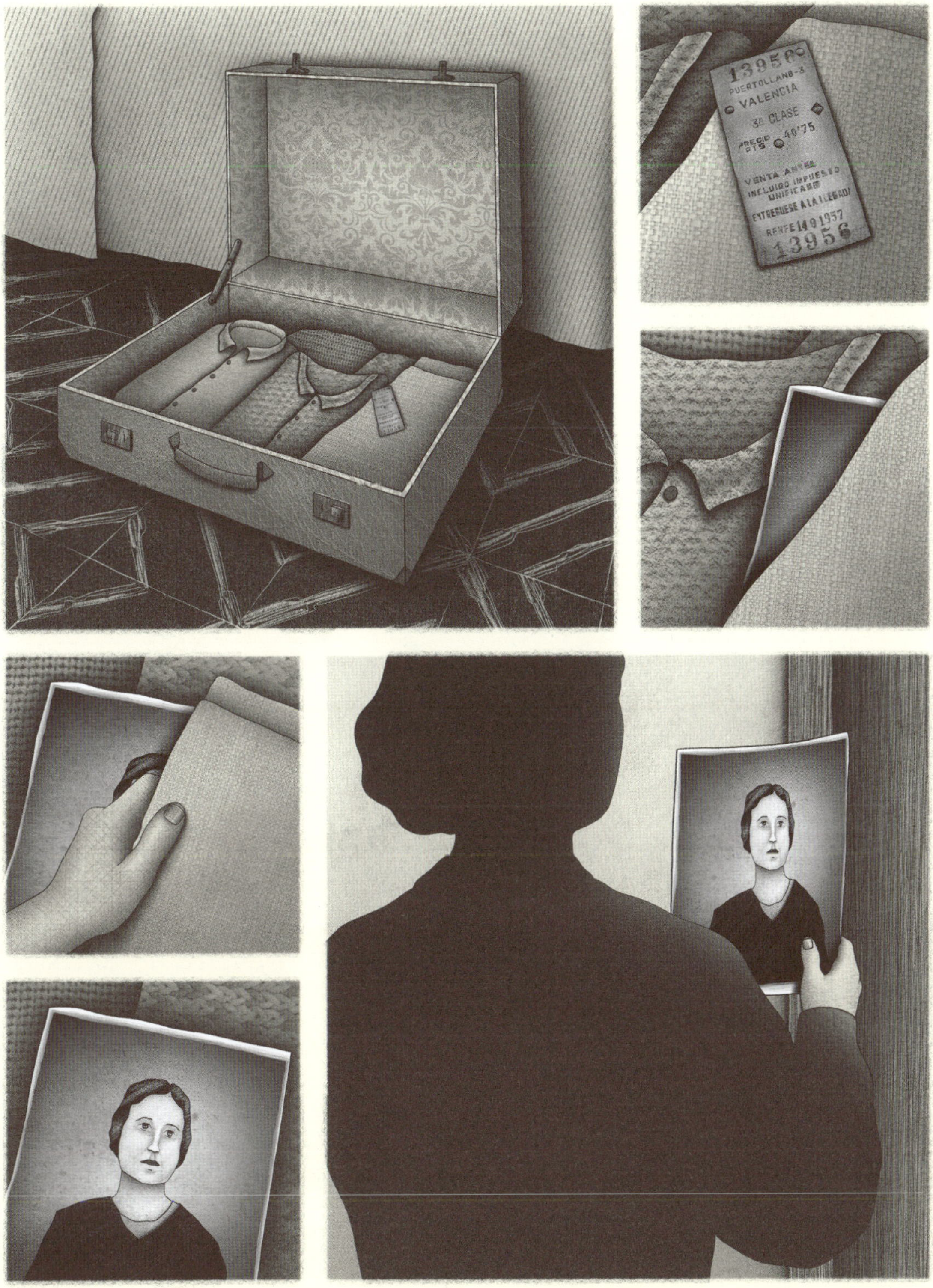
13956
PUERTOLLANO-3
VALENCIA
3ª CLASE
PRECIO PTS 40'75
VENTA
RENFE 14 9 1957
13956

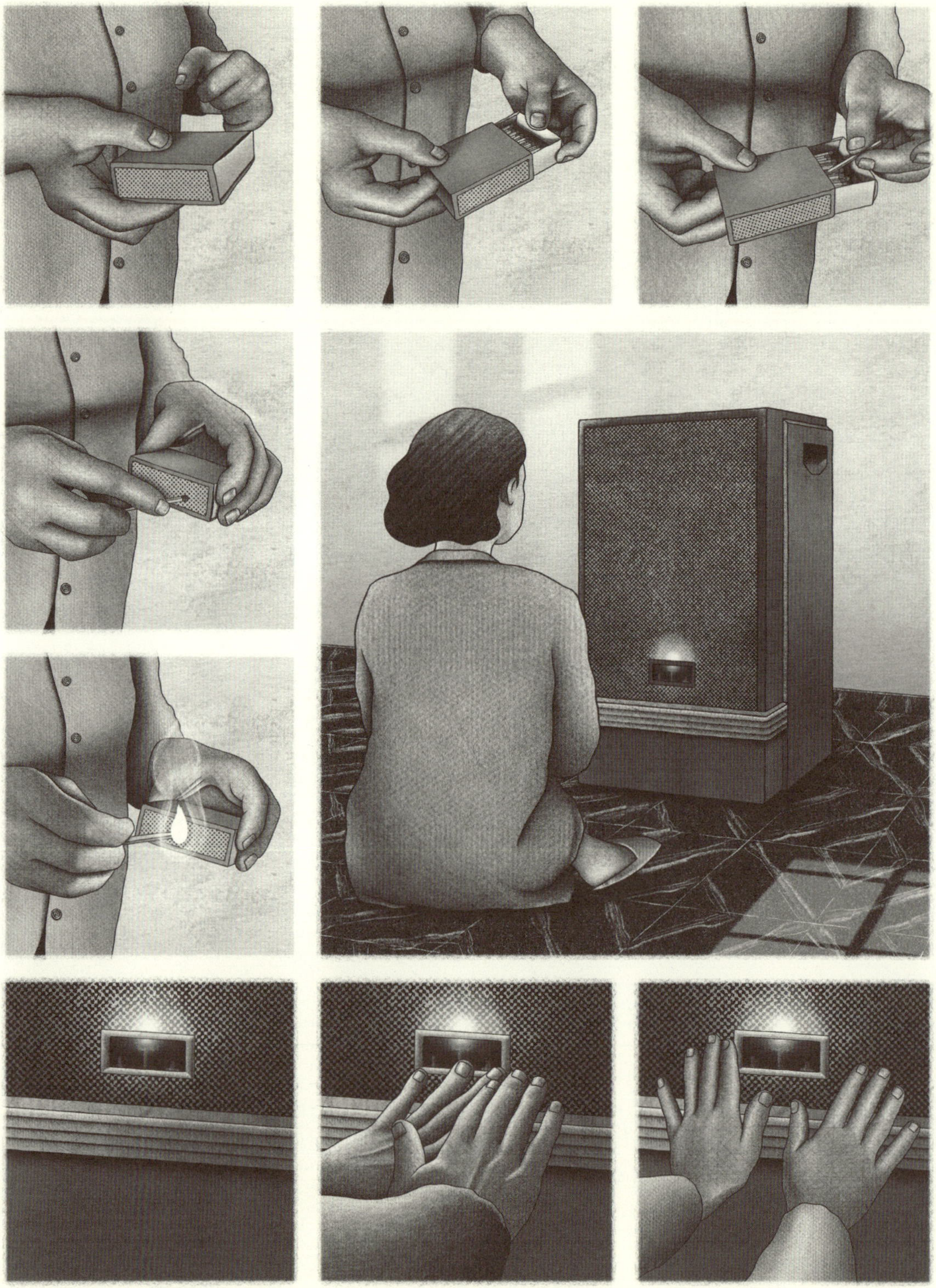

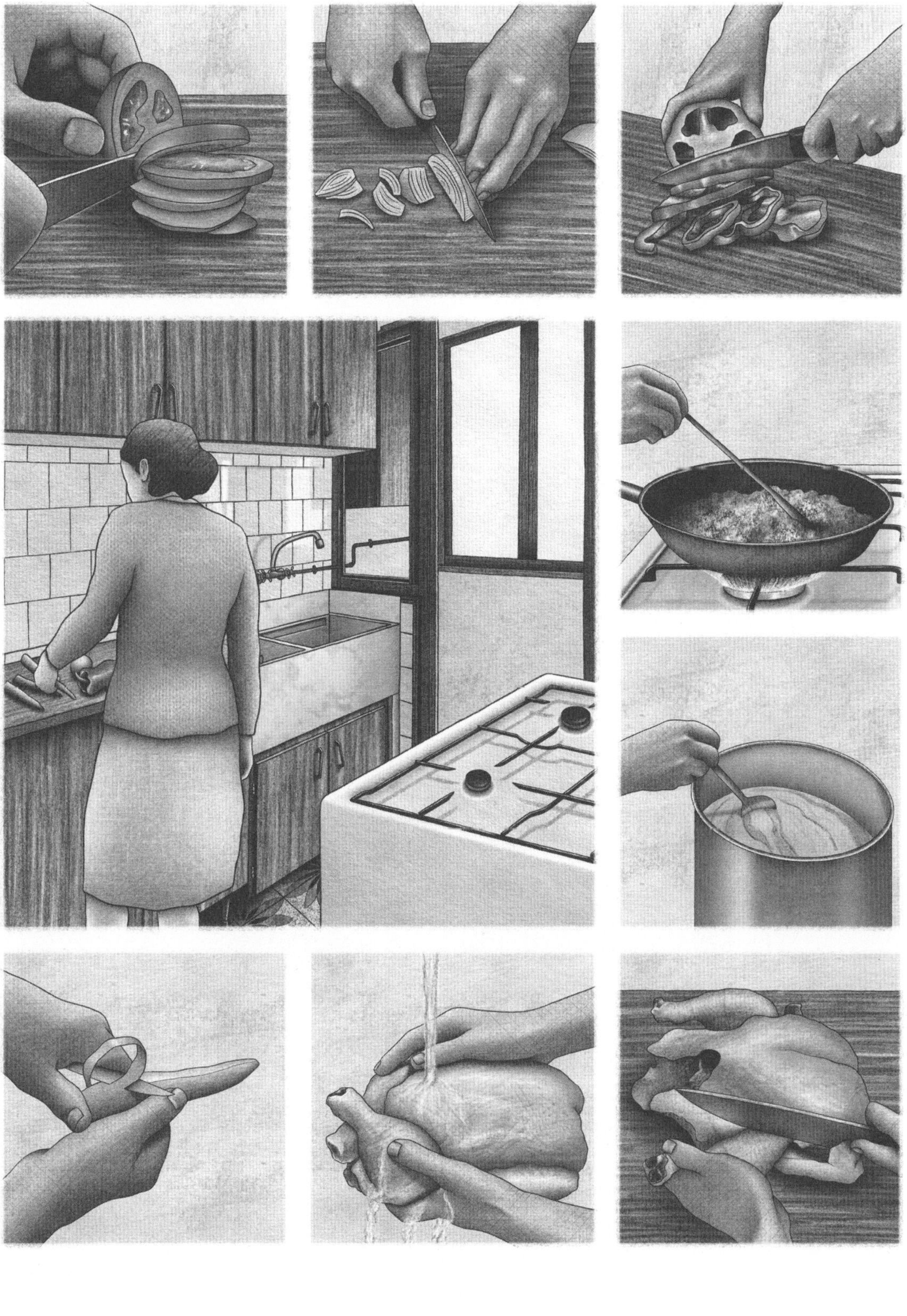

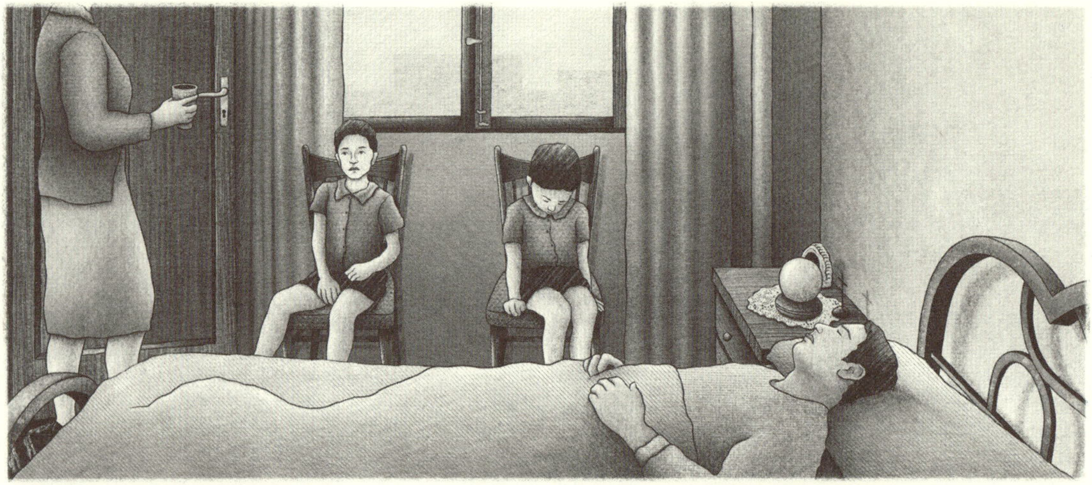

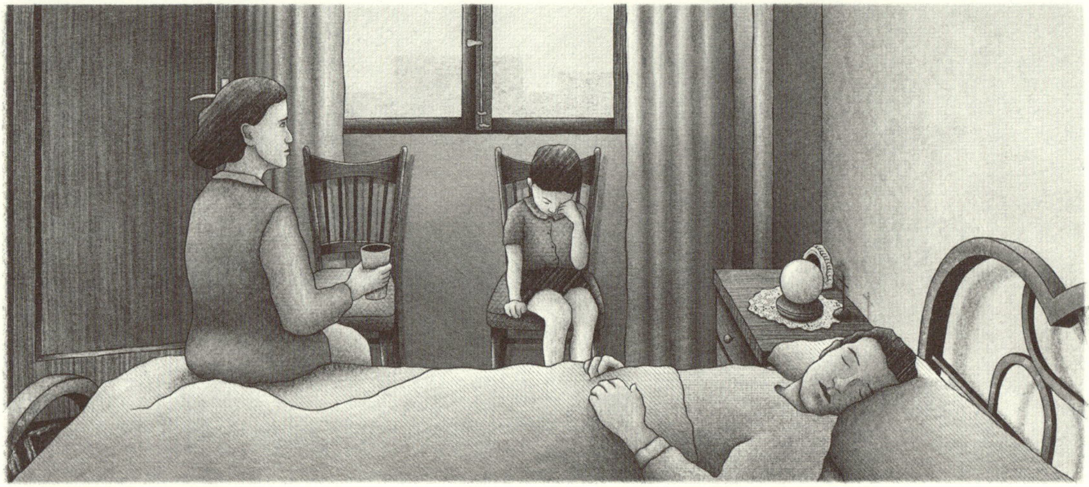

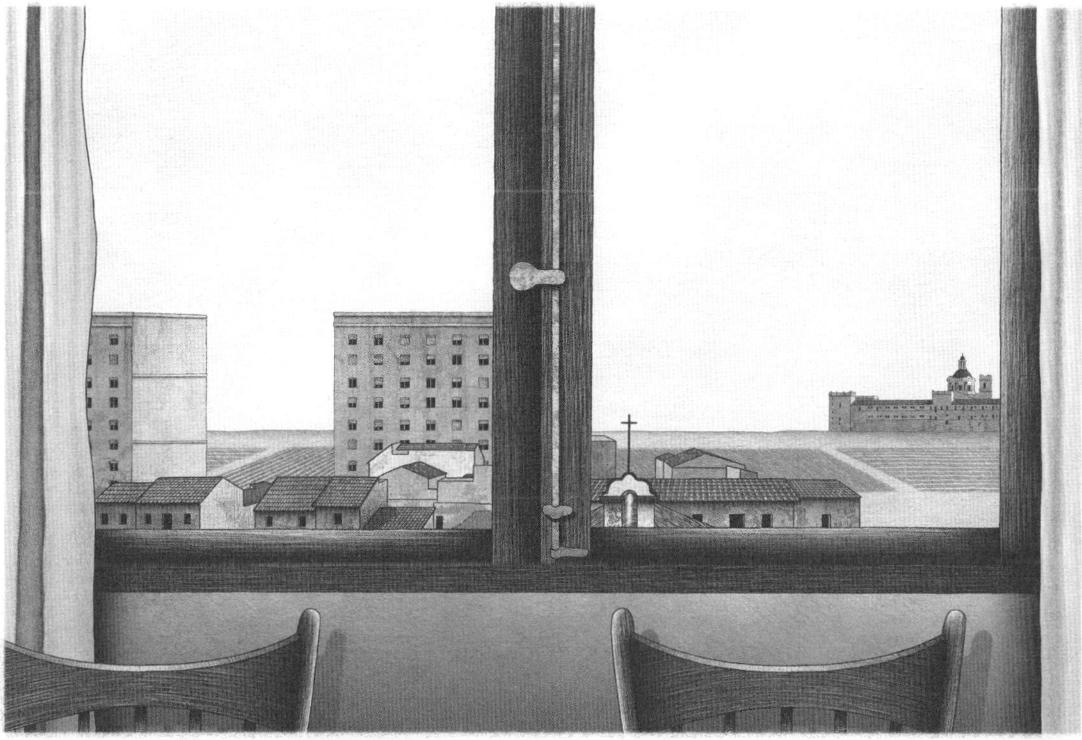

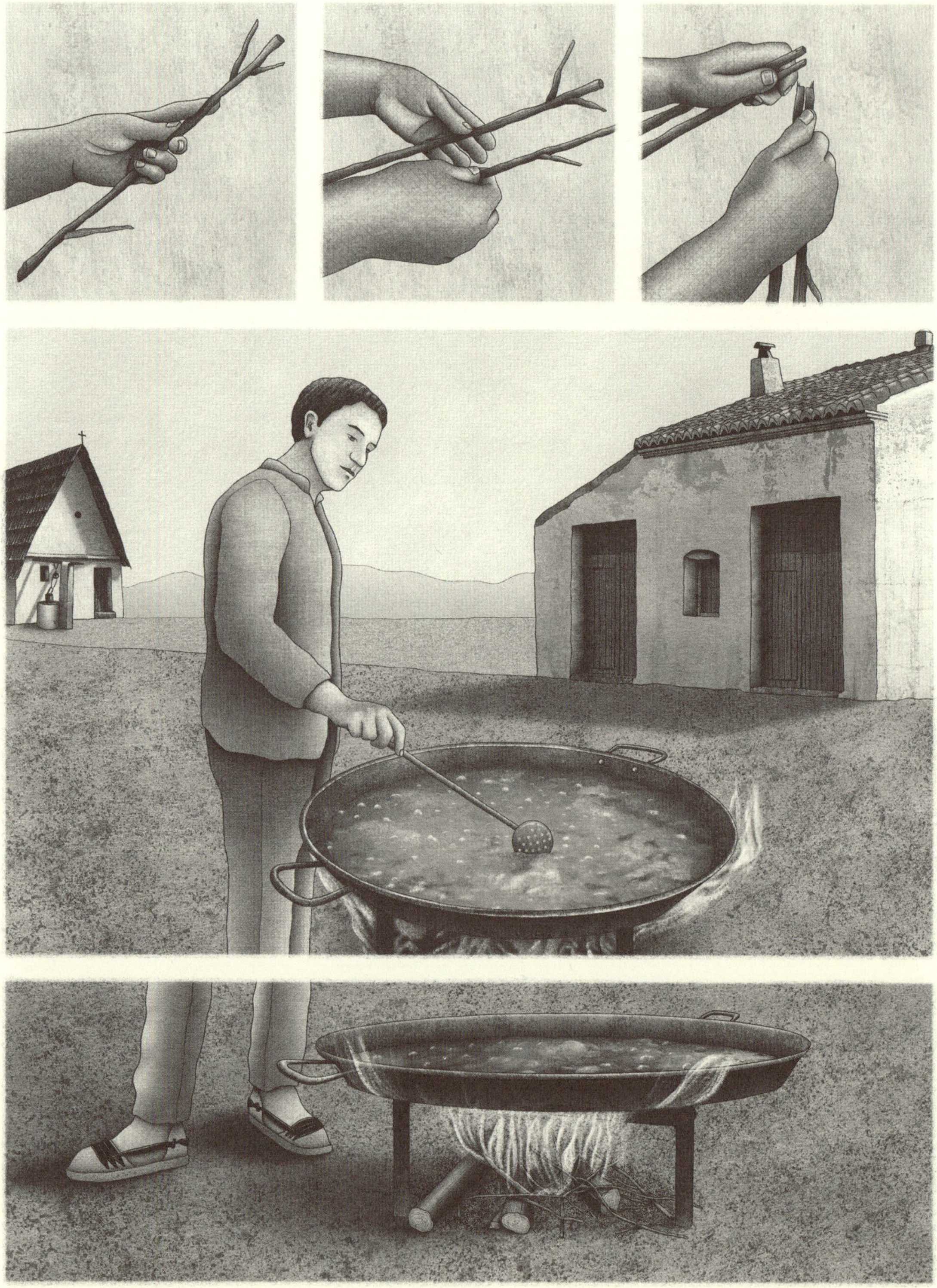

BENIMACLET

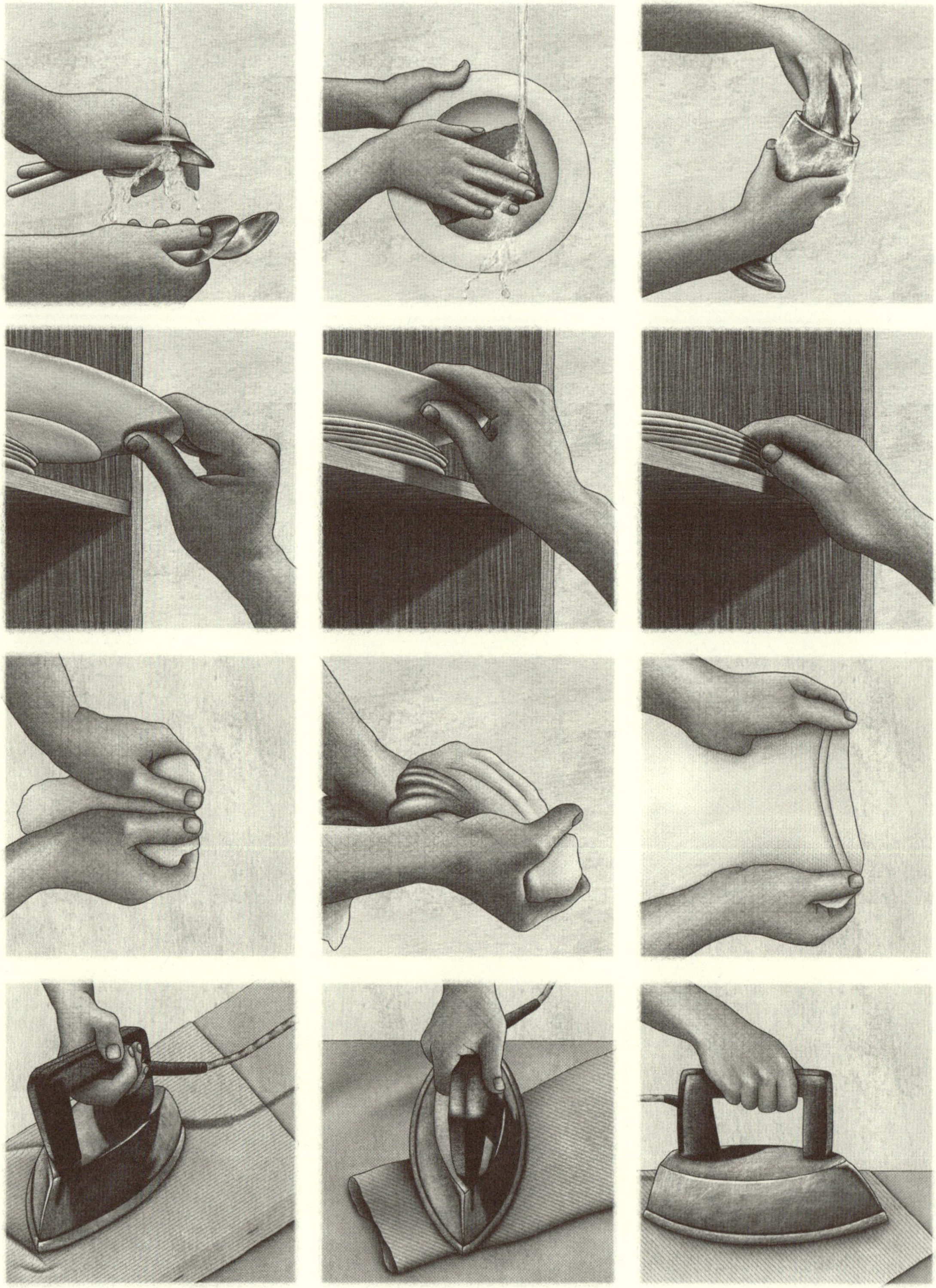

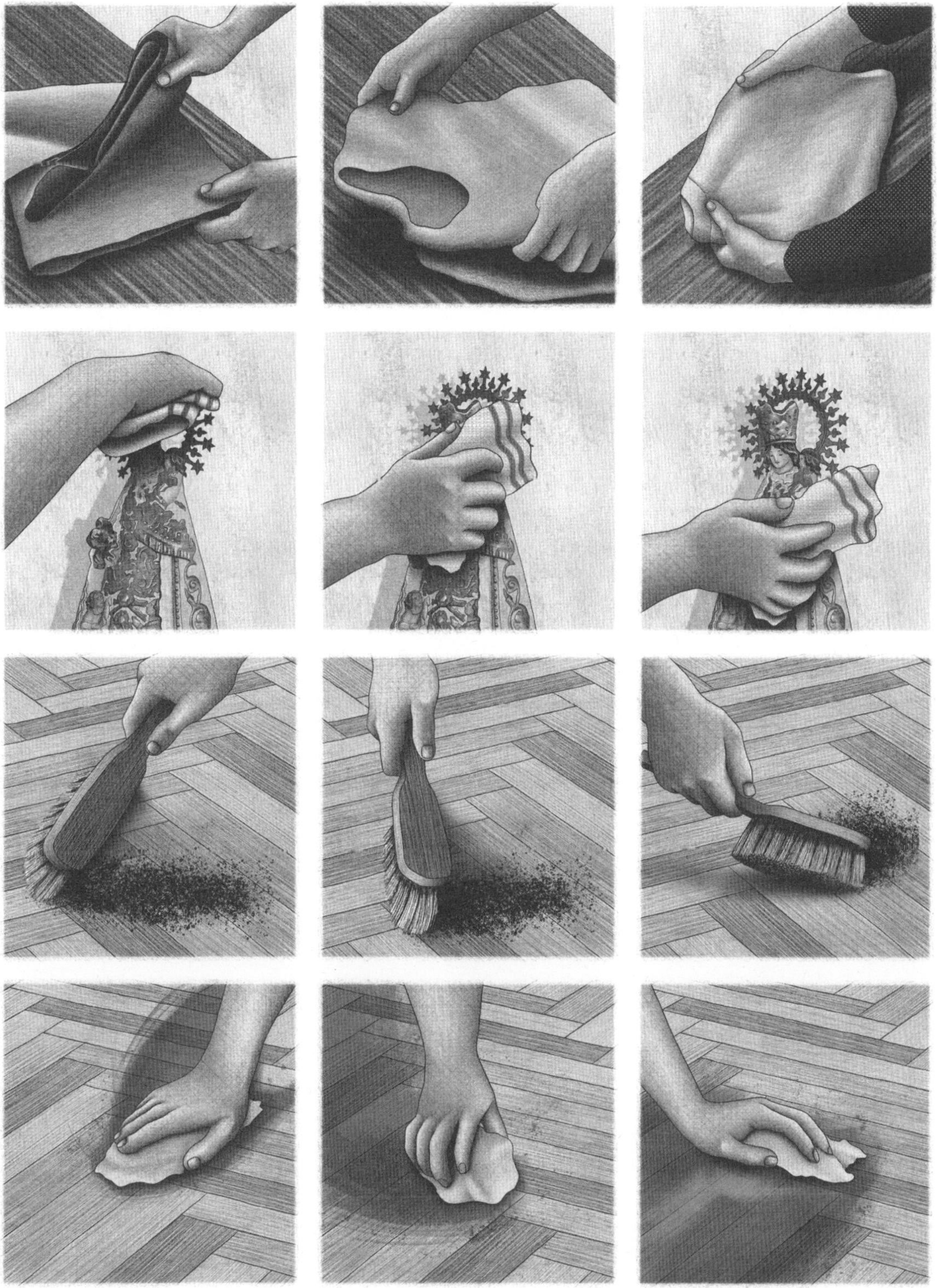

24
83
9
9

24
9
9

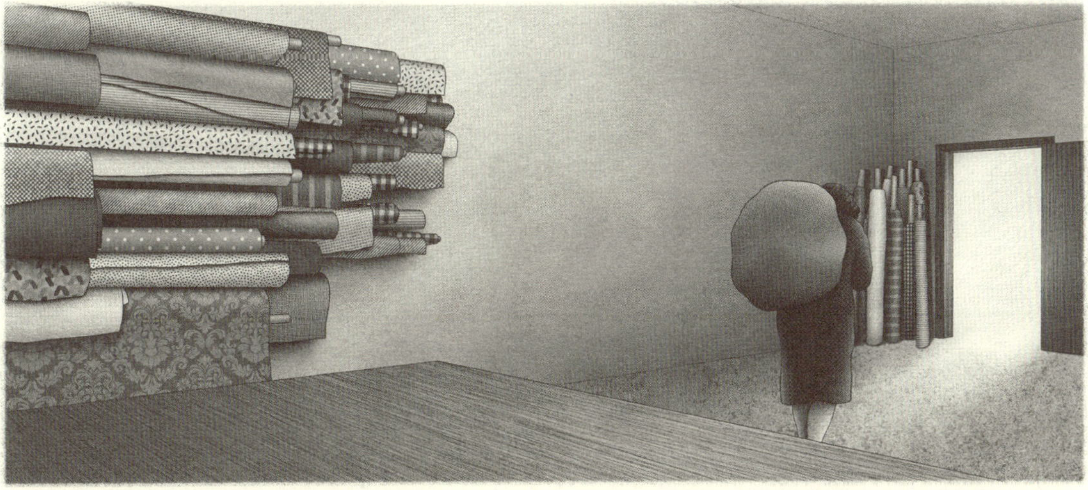
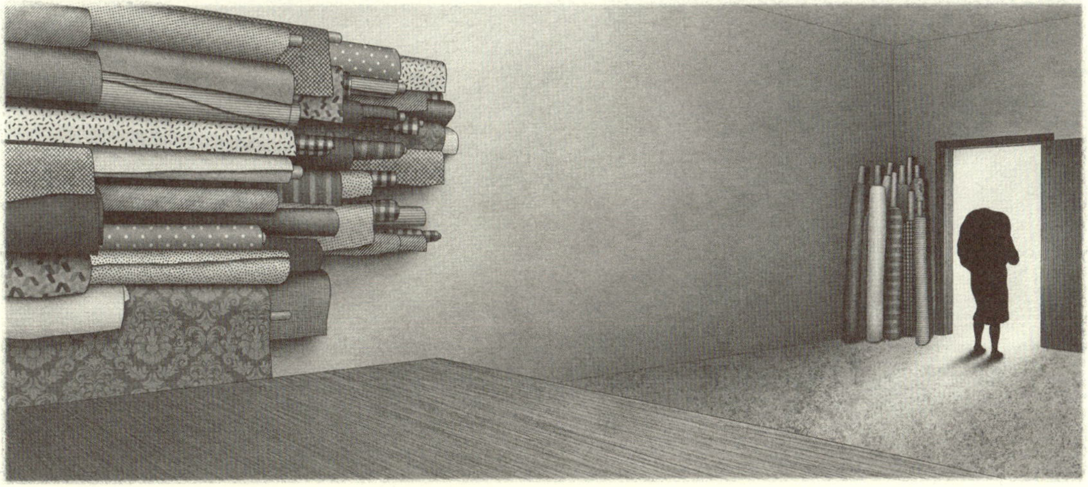

29
BAR
VELILLA
31

33

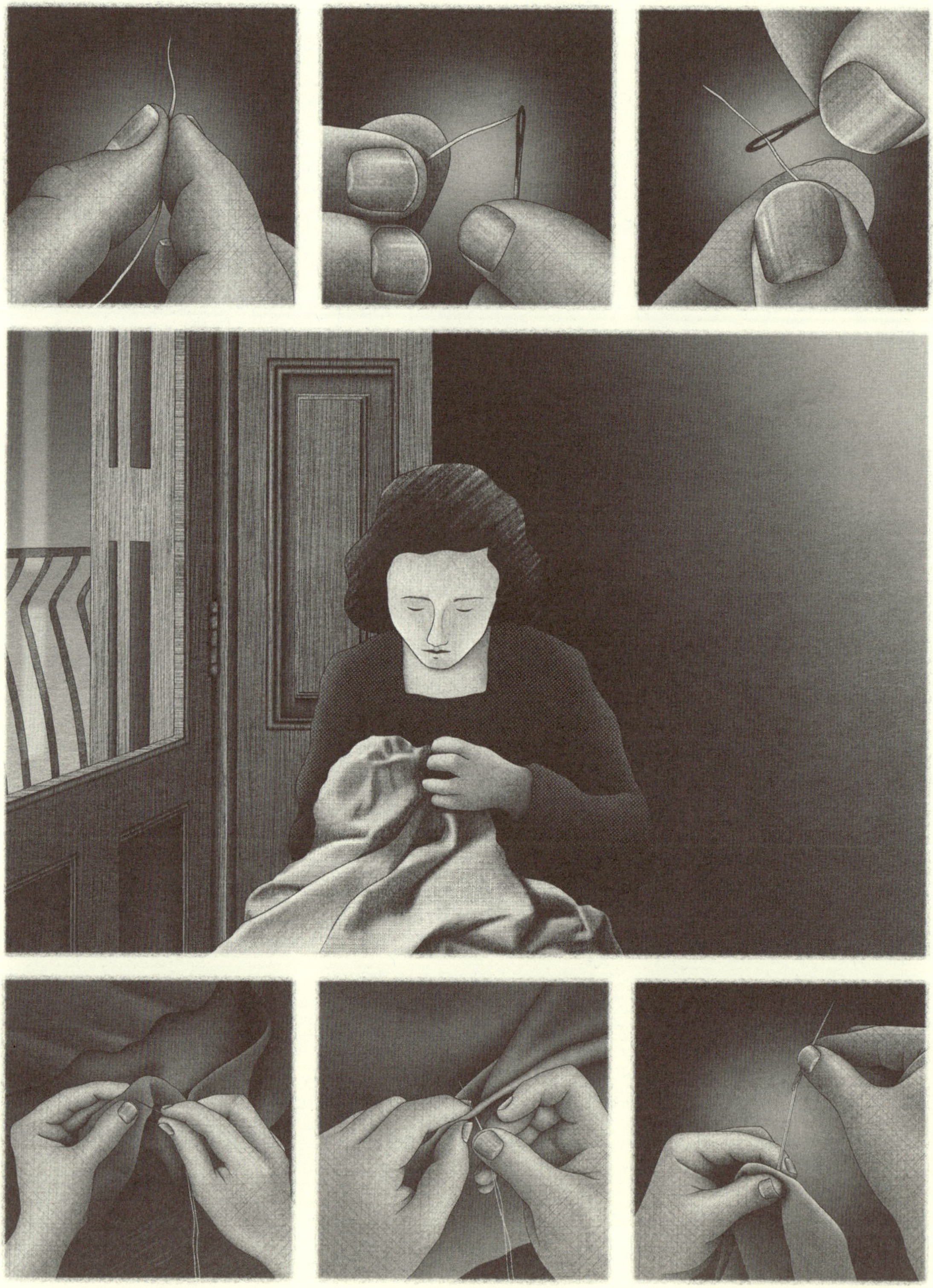

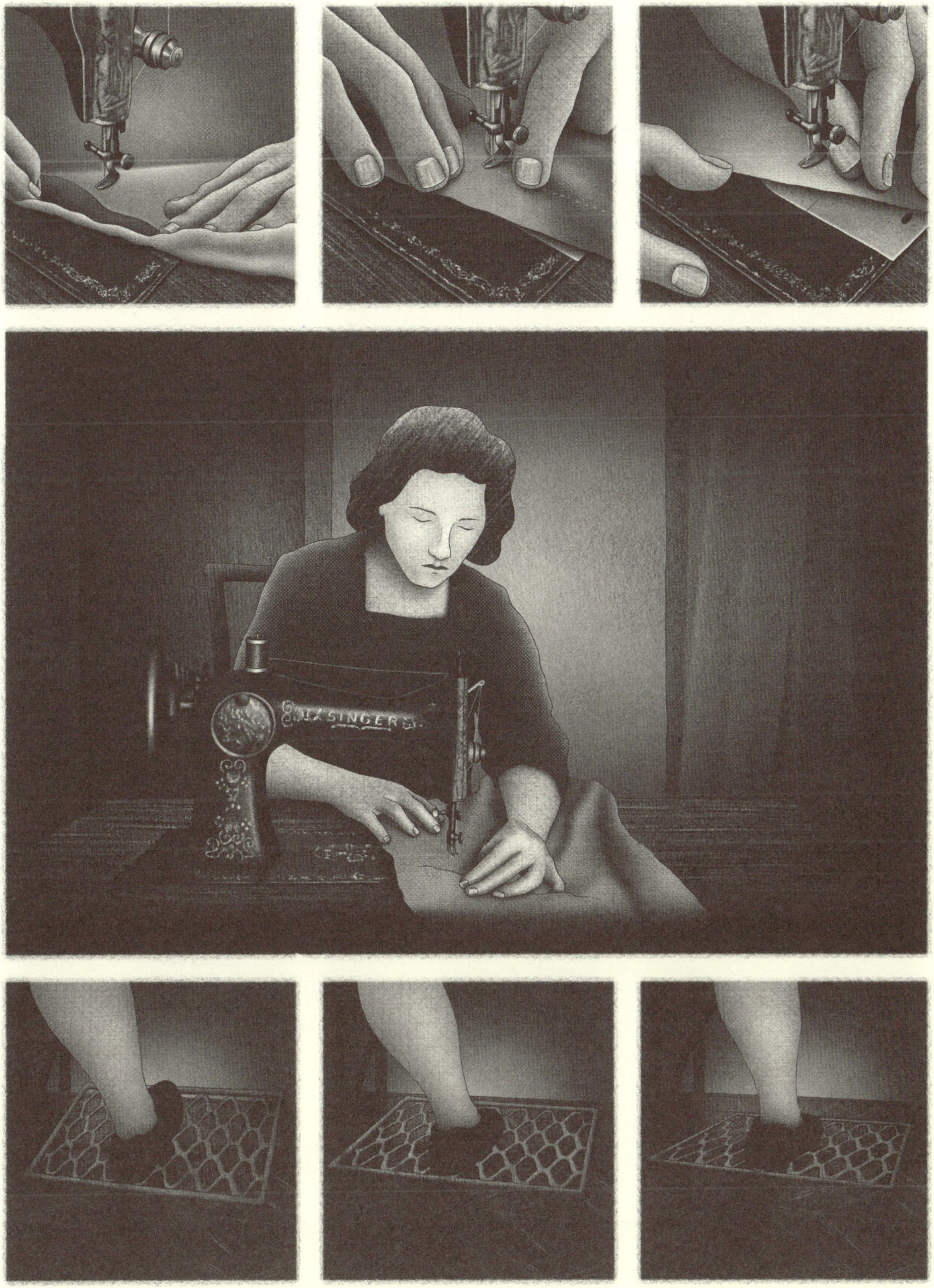
SINGER

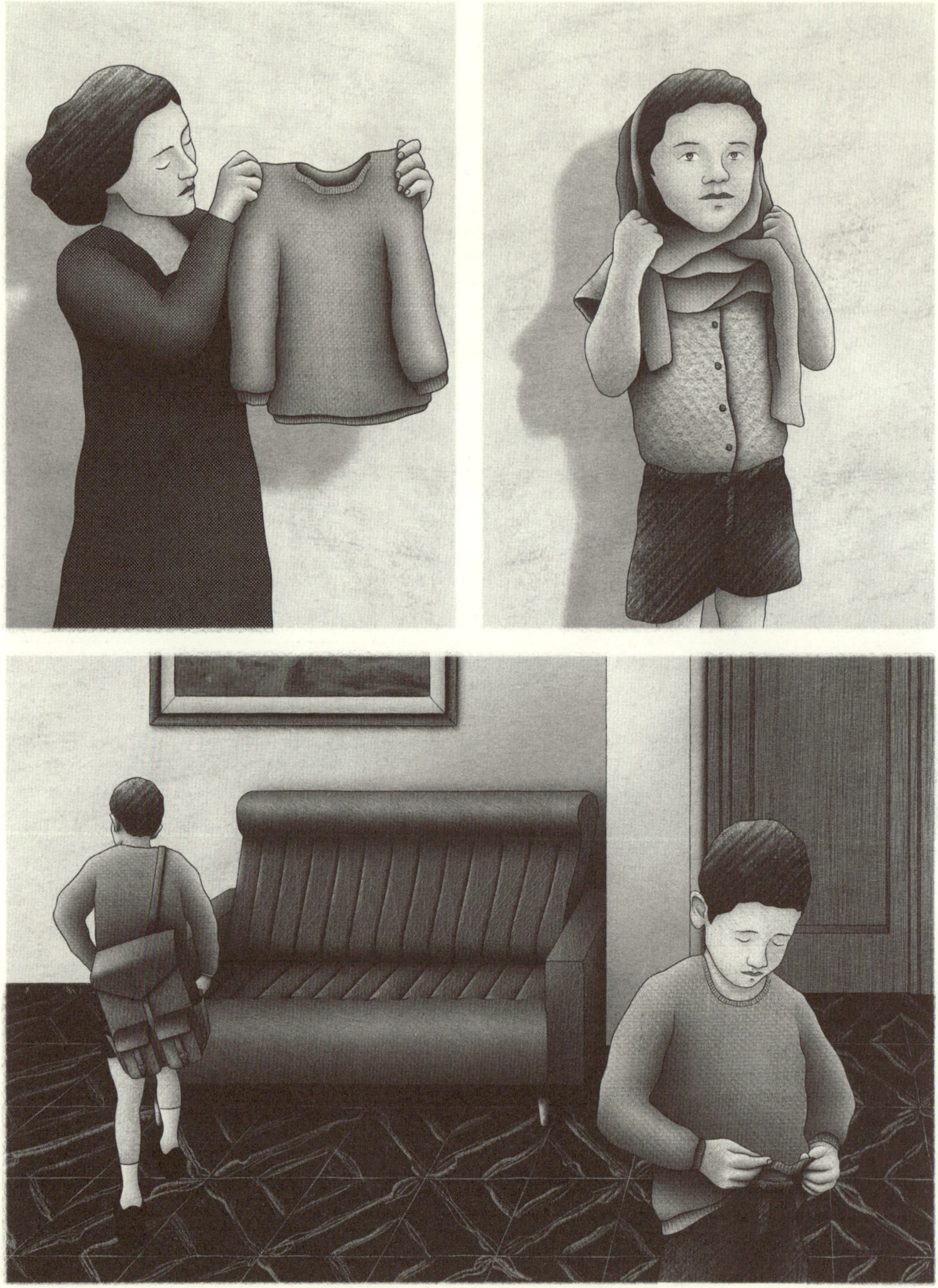

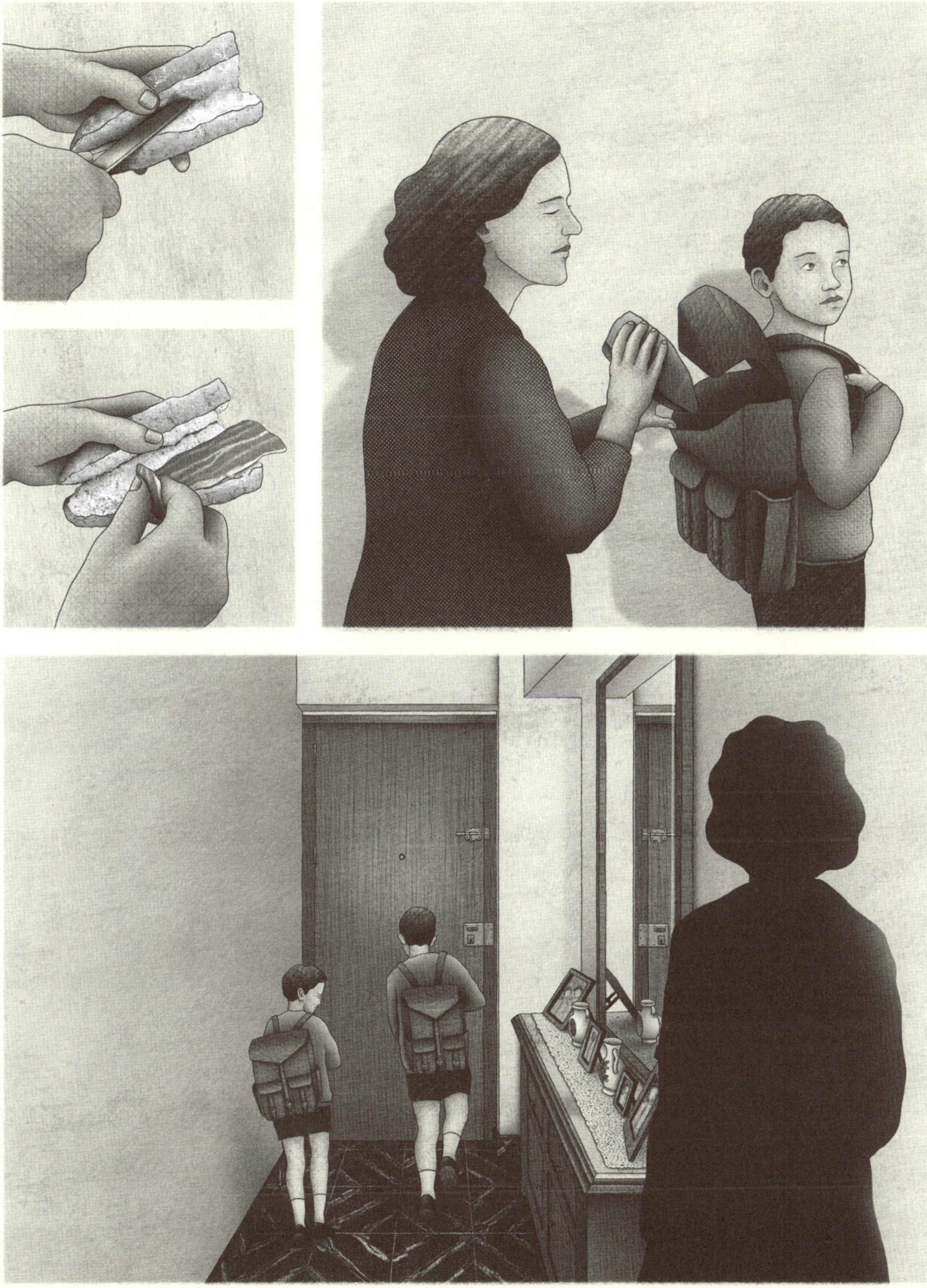

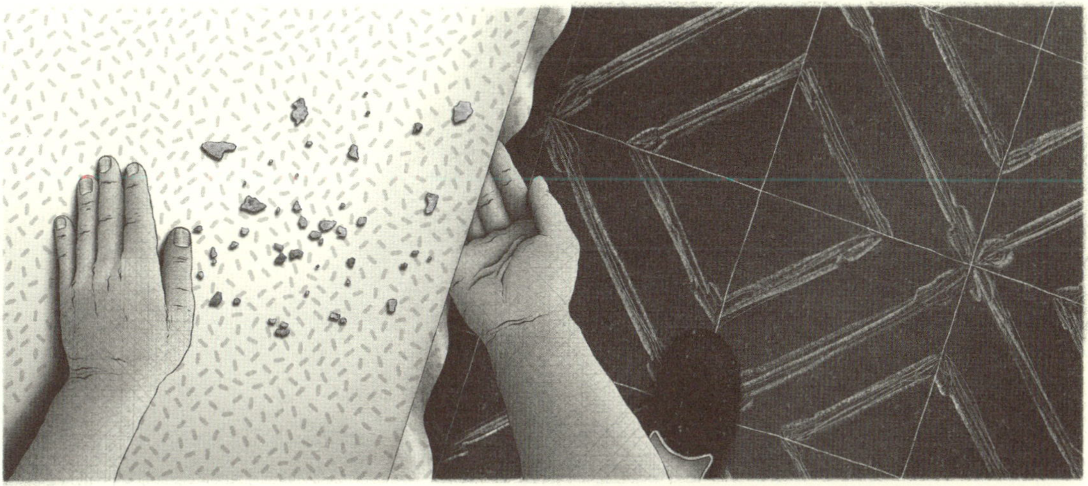
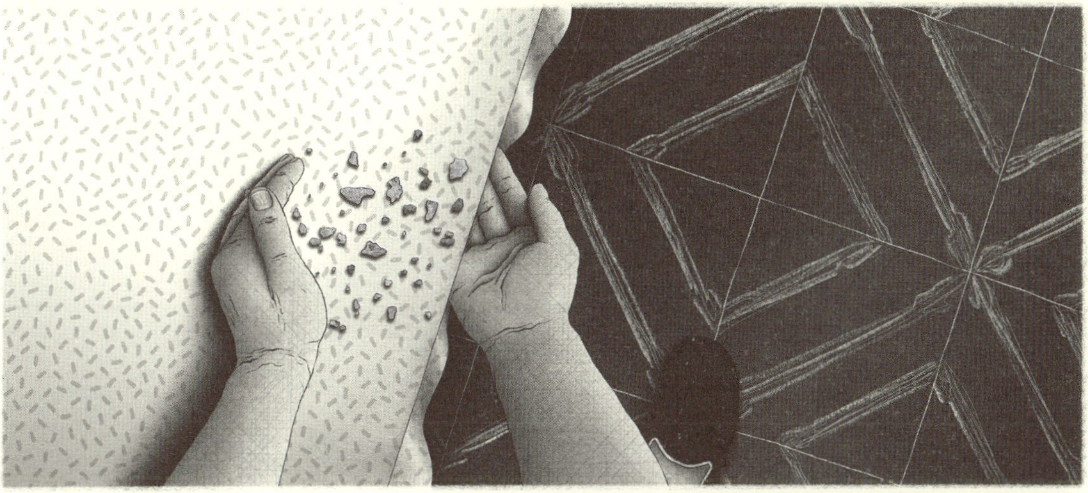

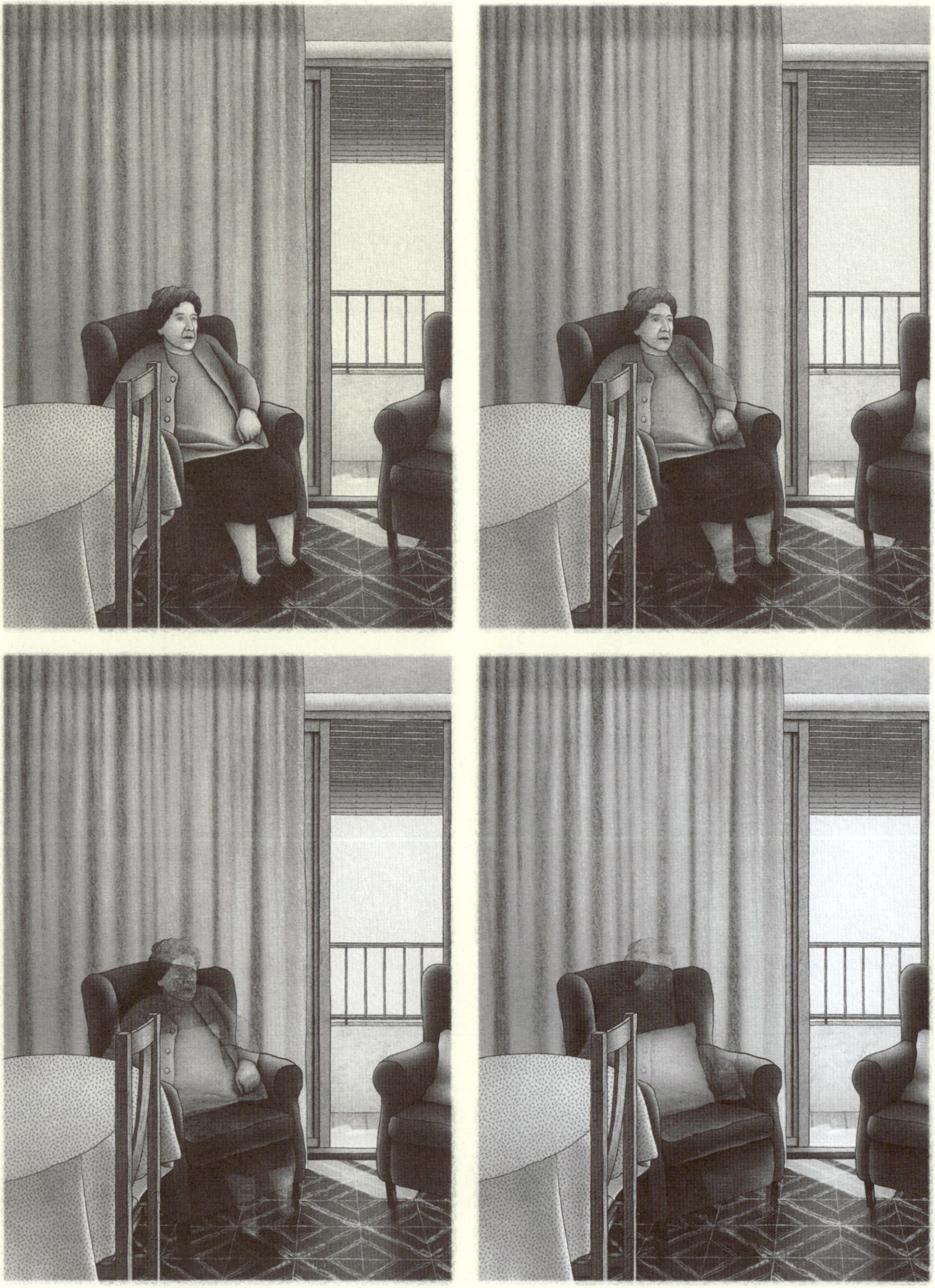

JAVIER CASTAÑEDA (Valencia, 1985).

Graduado en Bellas Artes y máster en Diseño e Ilustración por la Universitat Politècnica de València. Trabaja como ilustrador en proyectos audiovisuales de animación, entre los que destacan el cortometraje *Exlibris* (nominado a los Goya 2011) y el largometraje *Rock Bottom* (presentado en Cannes 2023).

*Migas* es su primer cómic.